Né à Rabat en 1973, l'écrivain marocain Abdellah Taïa a publié, aux éditions du Seuil, plusieurs romans : *L'Armée du salut* (2006), *Une mélancolie arabe* (2008), *Le Jour du Roi* (prix de Flore 2010) et *Infidèles* (2012). Son premier long-métrage, *L'Armée du Salut*, d'après son roman éponyme, est sorti en France en 2014. Ses livres sont traduits dans plusieurs langues.

DU MÊME AUTEUR

Mon Maroc
Séguier, 2000

L'Armée du salut
Seuil, 2006
et « Points », n° P1880

Maroc : 1900-1960
Un certain regard
(en collaboration avec Frédéric Mitterrand)
Actes Sud, 2007

Une mélancolie arabe
Seuil, 2008
et « Points », n° P2521

Lettres à un jeune Marocain
(choisies et présentées par Abdellah Taïa)
Seuil, 2009

Le Jour du roi
prix de Flore
Seuil, 2010
et « Points », n° P2666

Infidèles
Seuil, 2012
et « Points », n° P4020

Un pays pour mourir
Seuil, 2015
et « Points », n° P4239

Celui qui est digne d'être aimé
Seuil, 2017

Abdellah Taïa

LE ROUGE DU TARBOUCHE

Points

Une première édition de cet ouvrage
est parue aux éditions Séguier, en 2004.

TEXTE INTÉGRAL

ISBN 978-2-7578-2788-8
(ISBN 2-84049-36-32, 1re publication)

Pour Guy

Autour de Salé, de loin

Les corsaires

Je suis d'une ville connue dans l'histoire par ses corsaires. Salé ! *Sala*, en arabe classique. *Sla*, en arabe dialectal marocain.

Je suis un Slaoui : ce nom se prononce de la même façon, en arabe comme en français. Un Slaoui d'adoption seulement. Mais un vrai Slaoui dans l'âme et dans le cœur quand même.

Les Corsaires de Salé sont surtout célèbres pour leurs exploits au cours des XVIIe et XVIIIe siècles. Ils gagnèrent de nombreuses batailles et accomplirent des exploits légendaires. Ils défendirent le Maroc musulman des attaques des mécréants européens qui envahissaient le monde pour le civiliser. Ils laissèrent derrière eux des bâtards, des prisonniers, des blondes à jamais captives, des scripteurs unijambistes, des trésors cachés dans le Haut Atlas, des orphelins, des veuves. Ils laissèrent surtout, bien ancrés dans la mémoire populaire, des contes incroyables, des histoires fabuleuses qui ne mourront jamais, des romans entiers dans les têtes folles des Slaouis qui se les passent d'une génération à l'autre.

Les corsaires : il suffit d'aller dans la médina, de franchir une de ses grandes et majestueuses portes, et, très vite, on se retrouve emporté, envoûté par eux, par l'esprit de ces hommes qui ne quitte plus la ville, on est malgré soi possédé, sans savoir pourquoi, mais ravi. On n'est alors plus maître de sa volonté. On se laisse guider.

Le désir de s'aventurer s'empare du corps, des frissons partout sur la peau, et une voix qui nous intime l'ordre d'avancer, aller, aller plus loin, aller plus haut, plus haut, dépasser l'horizon, atteindre la ligne bleue de l'Océan, annuler les frontières, s'offrir nu au soleil et à ses rayons dorés, voler en agitant les mains, puis les bras, se perdre dans les labyrinthes invisibles, ouvrir les yeux pour mieux les fermer, entrer dans le rêve éternel, dans les nuages du septième ciel. Et, avant de descendre, aller saluer Dieu et Lui baiser trois fois les mains et les pieds.

La bavarde

Dans un square non loin de Pigalle, à Paris, j'entends des voix. Ces voix bercent mes oreilles sans interrompre pour autant mon travail intellectuel, sans arrêter le cours de mes pensées. Mais l'une de ces voix, unique, plus forte, plus timbrée, dominant toutes les autres, m'oblige à suspendre tout, et ma lecture et ma réflexion. La voix d'une femme qui parle, qui a l'habitude de parler, une femme bavarde, une femme marocaine et bavarde qui semble être encore là-bas, de l'autre côté de la Méditerranée. Et plus elle parle, plus elle m'attire, plus je m'attache, je m'accroche à ses mots en essayant de deviner ce qu'elle ne dit pas, d'imaginer ce à quoi elle pense réellement, autour de quoi elle tourne. Elle m'ensorcelle, elle me fascine : elle m'a lancé son chant de sirène ; j'y réponds immédiatement, enthousiaste, ignorant tout des périls qui pourraient se cacher derrière…

Je suis toujours fasciné, il n'y a plus qu'elle : ronde, belle, bavarde. Une mère : ses enfants autour d'elle, se disputant au lieu de jouer, des gamins de chez nous, de mon quartier Hay Salam, où les mômes habitent à longueur de journée les rues, les ruelles et les impasses – la nuit, les ivrognes les chassent pour prendre leur place et s'adonner à d'autres plaisirs.

Elle parle toute seule à présent, les autres femmes, pas des Marocaines, c'est sûr, l'ont lâchée, mais elle s'en fout, elle continue son discours, son monologue. Elle doit le finir, c'est plus fort qu'elle. Elle est possédée. Son djinn est en fureur, il la commande, il la martyrise. Elle parle toujours… toujours… Le temps n'existe plus pour elle. Pour moi non plus : j'oublie volontairement mon rendez-vous et je reste avec elle dans ce petit square un peu vert, à quelques mètres seulement des sex-shops et des cinémas pornos (un autre monde, juste à côté). J'y suis encore.

Les fous

Tout le monde le sait, les gens de Salé deviennent fous après la prière d'Al-Asr. C'est pourquoi, longtemps, les portes de la ville étaient systématiquement fermées à la fin de ce rite religieux. On voulait garder la folie slaouie pour les Slaouis et préserver les autres d'un mal si particulier qui fait encore partie du caractère de cette ville, de son image.

Longtemps le monde n'avait qu'un seul nom pour moi : Salé ! Plus exactement il se résumait à quatre quartiers, quatre noms : Hay Salam où j'habitais avec ma famille, Douar El-Hadj Mohamed où on allait presque quotidiennement avec ma mère faire le marché, Tabriquet et son dispensaire qui m'était plus que familier, et la M'dina, le cœur de notre vie, le centre de nos croyances, vieille et étroite mais juste à côté de la mer. Sortir voulait dire aller dans cette M'dina, acheter des vêtements, des tissus, des babouches, des herbes rares pour les fquihs, s'émerveiller et rêver devant les vitrines des bijoutiers, assister aux enchères incroyablement agitées du souk El-Ghzel, qui était toujours rempli de femmes, manger des beignets au miel debout… C'était cela être dans le monde, au milieu de la foule, porté par elle, aimé, aimant, ravi, heureux, souriant… Les bruits et les cris ne dérangeaient personne, ils étaient la preuve de l'intensité peu commune des rapports, des échanges, et plus il y en avait plus on était content. Ne quittant jamais la main de ma mère, je vivais dans ce monde les sens bien éveillés, ouverts à tout, ouverts surtout aux gens, leur visage, leur démarche, leur coiffure, leur djellaba, leur allure, tout m'intéressait, tout pouvait facilement me rendre heureux. Ma mère tenait absolument à chaque fois à finir nos sorties dans cette M'dina à la fois petite et grande par une visite à ses deux saints préférés. Sur notre chemin on passait par Dar El-Kadi, une grande maison théâtrale, tragique et spectaculaire, honnie des femmes, et par la Mederssa El-Bouananiya : on n'est jamais entré dans ces deux lieux, ils n'appartenaient pas à l'univers de ma mère qui était toujours pressée d'arriver à ses saints. D'abord Sidi Abdallah Ben Hassoun, le saint patron de Salé, ses magnifiques cierges et sa fenêtre sacrée connue pour son pouvoir de guérir les enfants qui crient trop. Ensuite, un kilomètre plus loin, Sidi Ben Acher, juste à côté de la mer immense, au milieu d'un cimetière magique qui disparaissait petit à petit. Ma mère vénérait Sidi Ben Acher et avait une grande tendresse pour ses fous. Elle les aimait pour je ne sais quelle raison, elle leur donnait à manger (des dattes et du lait la plupart du temps), leur parlait volontiers et leur racontait même, et sans se gêner, quelques-unes de ses histoires intimes. Leurs vies se mélangeaient doucement et naturellement avec la sienne grâce aux mots. Je regardais à chaque fois cette communion de loin, peureux et en même temps complètement fasciné. À elle seule cette scène, qui s'est longtemps et inlassablement répétée, résume parfaitement Salé, ville à laquelle j'ai appartenu et que j'ai trahie plus tard en allant continuer ma vie à Rabat avec le risque de m'y perdre.

Le Roi est mort

Je suis à Paris. Et le roi, notre roi Hassan II, le seul roi que j'aie jamais connu, vient de mourir. Mourir vraiment.

Je rentrais du cinéma heureux d'avoir revu *Pulp Fiction*, de Quentin Tarantino, dans la salle L'Arlequin, rue de Rennes. Trois messages m'attendaient sur le répondeur. Tous m'annonçaient la même nouvelle terrible, un ÉVÉNEMENT : le roi est mort ! Hassan II est décédé.

Le froid dans le dos. L'incrédulité. L'impossibilité d'une chose pareille. Il a quitté la vie. Il a quitté la vie ! L'énormité de la nouvelle empêchait de la mesurer du premier coup, d'y croire vraiment. C'est comme si je ne l'avais pas entendue. De quoi on me parle, qu'est-ce qu'on m'annonce ? J'ai réécouté les trois messages une deuxième fois, puis une troisième, puis une quatrième. À chaque mot prononcé, je trouvais difficilement son sens, à quoi il correspondait en arabe marocain. Les messages étaient affirmatifs, sûrs, les voix de mes trois amis y tremblaient comme si eux aussi n'arrivaient pas à y croire. Ils cherchaient, en m'appelant, à vérifier si moi aussi j'avais entendu cette nouvelle tragique. Ils désiraient connaître mes sentiments à ce moment précis. Mais j'étais incapable d'éprouver un quelconque sentiment. J'étais choqué.

Je suis resté ainsi un long moment, regardant le plafond, hébété, paralysé, tentant vainement de réaliser que Hassan II était mort, mort, mort… Il n'était plus de cette vie, autrement dit.

Un peu plus tard, des images tumultueuses commençaient à m'arriver, à descendre en moi, à surgir devant et dans mes yeux sans aucun ordre, des images à la fois précises et fuyantes.

Je suis tenté de les classer, de les ordonner, de leur retrouver leur sens premier.

Quelle en serait la première ? Quel est le premier souvenir que j'ai du roi ?

Une image est venue d'elle-même pour répondre à cette question et me rappeler ce souvenir lié à la fête du mouton, l'Aid El-Kébir. Mon père ne voulait jamais égorger notre mouton avant le roi. Il disait : « Hassan II est notre guide, notre imam, il a hérité de son père Mohamed V le titre de Commandeur des croyants. C'est clair, c'est lui le Commandeur, nous devons le suivre, attendre… Et en plus, vous le savez très bien, il est un des descendants du prophète Mohamed, que la paix et la prière soient sur Lui. Si on égorge le mouton avant lui, non seulement on lui manquera de respect, mais en plus notre sacrifice n'aura aucune valeur devant Dieu. Ce sera uniquement de la viande, sans aucune bénédiction, sans spiritualité. On n'a pas le choix. On attend. On finira bien par manger. Le mouton ne se sauvera pas. » Quand il le voulait, mon père savait se montrer convaincant : on aurait dit une causerie religieuse, avec citations du Coran et même du Hadith. On en avait le bec cloué. Il fallait attendre. Hassan II d'abord et avant toute chose.

Le problème, c'est que le roi n'égorgeait jamais son mouton avant midi, le temps de faire la prière de l'Aid et de recevoir les interminables félicitations des hauts dignitaires du royaume et des ambassadeurs. Les autres moutons, comme nous, attendaient, attendaient et, sentant la mort qui se rapprochait, bêlaient nerveusement ; ils se répondaient d'un bout à l'autre de la ville, ils se disaient adieu. Ce spectacle était affreux, insoutenable, il nous rendait encore plus déterminés à en finir le plus vite possible avec ce rite normalement joyeux. Bien sûr, certains voisins n'avaient pas notre patience, et dès 10 heures du matin ils en avaient fini avec leur sacrifice religieux. À 11 heures, ils en étaient déjà au méchoui. Murés dans le silence de l'attente, on les enviait en même temps qu'on les plaignait. Quand on avait dans les mains les délicieuses brochettes saupoudrées de cumin, qu'on mangeait avec un plaisir bien spécial, on oubliait tout. On était vraiment contents. Le plaisir était plus accentué du fait qu'il avait été longuement retardé.

Un autre souvenir, d'une autre nature. Quoique… J'étais encore à l'école primaire – début des années quatre-vingt. Des milliers de jeunes, garçons et filles, étaient descendus dans les rues pour protester, pour crier leur… faim. Le prix du pain, m'avait-on appris plus tard, avait augmenté. Pour manger, pour survivre, il fallait se débrouiller comme on pouvait, et peut-être même voler. Mais au Maroc, les grands voleurs n'avaient rien laissé, ils avaient tout pris. Le pain, eux, ils ne le payaient pas, il leur était offert. Moi aussi j'avais faim d'ailleurs, de plus en plus faim. Mon père, dont le salaire ne dépassait pas les 1 500 dirhams, réussissait à joindre les deux bouts difficilement, en s'endettant encore plus chaque fin de mois. On vivait tout le temps sur des crédits (chez le marchand de légumes, chez le boucher, chez le dépanneur, etc.). Les jeunes qui criaient à notre place, on les avait brimés. J'avais vu de mes propres yeux des policiers qui les frappaient, qui leur tiraient dessus. Les jeunes fuyaient en criant encore davantage, certains d'entre eux tombaient pour ne plus jamais se relever (leurs corps disparaissaient aussi, leurs familles ne les recevaient jamais pour pouvoir les enterrer dignement). On n'oublie pas ce genre d'images. Déjà, dans la tête de l'enfant que j'étais, deux questions essentielles se posaient avec insistance : qui était le responsable de tout ce massacre dont il était interdit de parler, même entouré de quatre murs ? Qui donnait les ordres pour nous maintenir dans l'ignorance et la pauvreté ?

On voyait chaque jour Hassan II, ses portraits étaient partout, il nous suivait dans tous les endroits où on allait. À la télévision, on parlait quotidiennement de lui, de ses audiences, de ses visites, de tout (absolument tout !) ce qu'il faisait. On nous avait appris à aimer le regarder, à se réjouir de tout ce qu'il faisait, et même à observer son élégance, ses différentes et innombrables tenues vestimentaires, qu'elles soient modernes ou traditionnelles. Pour sûr, il avait du goût. On aimait donc vraiment, sincèrement le voir, et il ne manquait pas de nous en donner l'occasion. Quand il accueillait ses invités à l'aéroport de Salé, son cortège passait juste à côté de mon collège : bien évidemment, on n'avait pas classe ces jours-là, mais à condition d'aller acclamer le roi lors de son passage : « Vive le roi ! Vive Hassan II ! » Ainsi je l'ai vu à maintes fois dans sa superbe voiture, agitant les mains pour saluer les foules qui criaient son nom et même priaient pour lui. Il était loin. Il passait très vite.

Une telle présence marque l'esprit, l'inconscient et contribue largement au mythe. Le mythe de Hassan II tournait autour de sa baraka. Tout le monde au Maroc savait qu'il a toujours eu une chance incroyable. Il était protégé, disait-on, par certains esprits.

Collégien, j'avais longtemps caressé le rêve de figurer un jour parmi les meilleurs élèves du royaume qu'il recevait à la fin de chaque année scolaire dans son palais. Le rêve de l'approcher et, forcément, de lui baiser la main comme je le faisais avec mon père. Pour cela, il fallait non seulement être classé premier dans mon collège mais au niveau de toute la ville de Salé. Mon rêve resta un rêve.

Par contre, mon frère aîné Abdelkébir le réalisa à ma place. Travaillant depuis dix ans au ministère de l'Intérieur, il fut nommé un beau jour à un haut poste par décret royal. Il eut le droit au privilège d'être reçu par le roi et, par conséquent, de lui baiser la main plusieurs fois. Ce moment capital a été immortalisé par une photo qui trône toujours dans le salon d'Abdelkébir. J'étais fier, bien sûr, de mon grand frère, et nullement jaloux. Ce fut un événement considérable dans la famille, on avait même vu Abdelkébir dans les informations de 20 h 30.

Hassan II était en quelque sorte notre père. Le père au Maroc a un pouvoir extraordinaire sur ses enfants. De lui, on est censé tout accepter, le bien comme le mal. Quand il meurt, c'est un déchirement, on le pleure, sincèrement. Demain, dimanche, tout le Maroc pleurera son roi, son père, et lui réservera un adieu mémorable et intense dans l'émotion. Demain tout le Maroc sera à Rabat. Demain, comme moi, tous les Marocains passeront en revue leurs multiples (et contradictoires) souvenirs avec ce roi.

Hassan II est mort hier, le vendredi, le jour saint des musulmans. Demain est un autre jour.

L'unique miroir

C'était le seul miroir qu'on avait à la maison. Il appartenait à mon père qui l'avait acheté au marché aux puces et encadré comme un tableau, mais sans l'accrocher dans la salle de bain. Il servait à tout le monde. À mon père et Abdelkébir pour se raser, à ma mère et mes sœurs pour se maquiller. Et à moi pour m'y admirer.

Personne dans ma famille, dans mon entourage, ne me disait que j'étais beau : même si on ne l'est pas, on a parfois envie de l'entendre. Aucun d'eux ne me faisait des remarques sur mon physique, sur ma présence physique. Le sentiment de ne pas avoir de corps m'était familier sans me convenir. Les filles au collège m'aimaient beaucoup mais je ne voyais dans leurs yeux aucun désir pour moi, pour mon corps en plein développement, envahi par des sensations adolescentes nouvelles, persistantes, agaçantes car ne menant nulle part.

J'en étais arrivé à cette conclusion tragique : je n'ai pas de corps ! Je n'existe dans ce monde que par mon ombre. Je suis donc noir. Mais pas comme les Noirs d'Afrique qui symbolisaient à mes yeux la beauté et la finesse mêmes.

Pour l'adolescent complexé mais lucide que j'étais, affronter cette vérité ne se passait pas toujours bien. Je m'absentais, je m'oubliais, je ne pensais plus à moi. Je me négligeais exprès en mettant des vêtements affreux aux couleurs criardes et nullement assorties (du jaune avec de l'orange, du vert avec du blanc et du rouge, etc.), et en laissant pousser sur ma tête une forêt impénétrable, comme disait ma mère qui n'aimait pas mon look. Je me vengeais du monde entier et de moi-même : mais pourquoi mon corps n'est-il pas beau ? suis-je vraiment moche ? C'est l'image qu'on me renvoie de moi-même, c'est ce que je comprends par tout ce silence terrible à propos de mon corps… Pour leur faire plaisir, je vais l'effacer encore plus, je vais m'emprisonner, m'étouffer, aller plus loin… Me tuer ?

C'était bien évidemment un appel au secours. Personne ne l'a entendu.

Cette attitude par rapport à mon corps a été pourtant, sans que je ne m'en aperçoive au début, le meilleur moyen de m'en rapprocher, de faire attention à lui et à son évolution. De le regarder. De l'aimer ?

Je prenais, de temps à autre, le miroir de mon père et allais m'enfermer dans la chambre d'Abdelkébir qui travaillait déjà à l'époque au ministère de l'Information. Il n'était plus à la maison aussi souvent qu'avant, ce qui me laissait – et à mes sœurs également – le temps de pénétrer l'intimité de sa chambre et d'y passer des petits moments. J'y entrais par la fenêtre : comme s'il avait des choses à cacher, il fermait toujours la porte à clé. La chambre d'Abdelkébir, son odeur, ses livres, la chaîne hi-fi, les nombreuses cassettes (Jimmy Hendrix, James Brown, Pink Floyd, Fela Kuti, Santana, Oum Kaltoum, etc.), les vêtements sales jetés sur le sol (je les essayais bien sûr : mon frère sur moi !), le miroir de mon père et moi. La certitude de ne pas être dérangé et la chaleur douce, caressante, qui régnait en permanence dans cette chambre installaient en moi une certaine confiance. J'osais alors affronter mon image, mon corps et je finissais par me donner à moi-même. Je me réconciliais avec Abdellah.

Je posais le miroir sur le lit étroit d'Abdelkébir dans lequel j'ai dormi tant de fois… avec lui (des heures longues et inoubliables, nos corps collés et nos odeurs mêlées). Je me rapprochais de la glace et je m'y découvrais. Le visage long, maigre : des boutons sur le front et le menton (j'adorais les faire éclater), des petits poils énervants dans le nez, l'œil droit légèrement différent de l'œil gauche, les joues creuses et affamées. Aucun charme. Oui, je suis comme ils ne disent pas, laid, inintéressant. Je m'abandonnais à ce narcissisme à la fois délicieux et douloureux. Je m'éloignais un peu du miroir pour découvrir tout le reste de mon corps que je ne connaissais pas vraiment bien au début de ces retraites particulières. Encore oui, c'est maigre comme les chats des rues ; et puis non, je ne suis pas maigre, je suis mince, c'est mieux quand c'est dit ainsi. Ma peau : à part celle qui recouvre mes mains, mes pieds et mon visage, je ne la connaissais pas non plus. J'enlevais mes vêtements pour la toucher (je passais mes mains sur le ventre, le torse, les seins, la nuque, les cuisses, les fesses, le sexe), la saluer, l'embrasser, la goûter.

D'abord la chemise et le T-shirt : les os de mes côtes sont bien visibles, je pouvais même les compter ; les muscles sont quasi inexistants ; le cou est long avec au milieu une pomme d'Adam proéminente et dure. Tu ne manges pas assez, mon pauvre Abdellah : ce n'est pas ma faute. Un jour, je serai en meilleure forme. Mes os me fascinaient particulièrement, je les trouvais jolis à regarder : ils sont durs, fermes, ils sont à moi, je les aime. Le pantalon et le slip ensuite. Mon Dieu, je suis nu ! Quelle surprise ! C'est beau un corps nu ? Non, non… Le mien ? Non plus… Les fesses : rien de spécial ; un peu rondes. Les cuisses et les jambes : je croyais que c'était ce que j'avais de plus beau ; elles étaient remplies de petits poils, un joli gazon sur lequel je passais inlassablement ma main. C'est doux, c'est doux ! Ce mouvement répétitif réveillait mon sexe : il s'allonge, il s'allonge, où va-t-il comme ça ? Ni petit ni grand, il n'avait pas encore connu le plaisir de la jouissance au contact d'un autre corps. Pour dire la vérité, dans ma main, il n'était pas beau, c'est dans le miroir qu'il avait tout d'un coup (et le reste de mon corps aussi d'ailleurs) de l'élégance : il était autre, beau, et grâce à lui je voyais mon corps qui le devenait également. La métamorphose. Suivie immédiatement de l'éjaculation : des jets, le sperme, avec son odeur que je n'aimais pas, sur le miroir. Et toujours moi et mon corps nu dans les abîmes de ce dernier, en sueur, haletant, heureux. Je me rapprochais alors du miroir magique et je l'embrassais trois fois en guise de remerciements.

Pendant deux ou trois années, ces retraites se sont répétées régulièrement et suivant le même rituel. Dans le miroir de mon père j'étais beau, réellement beau. Personne au monde ne pouvait contester cette vérité. Ma vérité et celle de mon corps. Celui-ci n'est plus aussi maigre, mais il n'est pas gros non plus, et c'est toujours dans les miroirs qu'il trouve sa juste place.

Rendez-vous

Le cinéma est un miracle. Il y a d'abord le noir qui habille petit à petit, lentement, doucement, la salle. On oublie le monde, on se sépare des autres, et, suspendu, le cœur parfois tremblant, on attend dans l'obscurité la naissance d'un monde, la lumière qui fait tout, qui crée un univers et qui nous embarque dans un rêve étrange, toujours poétique. Le logo de la maison de production apparaît, un lion, un cheval ailé, un coq, une liberté, puis le générique avec ses noms qui n'en finissent pas de défiler et qui nous donnent parfois des pistes pour après. Enfin, l'histoire commence, ses premières images nous désorientent complètement ; mille questions nous viennent à l'esprit, on cherche à comprendre, à s'accrocher et, la peur au ventre, on fait des prières pour ne pas passer à côté du film, comme si notre vie en dépendait.

Le cinéma est une religion, une drogue, femme et homme, une lanterne magique, un conte de ma mère. Le cinéma, c'est des rencontres, des séparations et des retrouvailles dans les nuages.

Rendez-vous. L'affiche du film nous avait immédiatement attirés, alléchés, mes copains de classe et moi. Une femme complètement nue (plus tard, j'ai su que c'était Juliette Binoche dans son premier grand rôle) qui nous regardait avec des yeux tristes comme pour nous supplier de la sauver des mains d'un homme qui la martyrisait (Lambert Wilson). Nous croyions naïvement que c'était un porno soft français, mais du même genre que l'italien *Les dessous magiques de l'institutrice*. Depuis deux ans, peut-être trois, on était tous amateurs de ces films pseudo-érotiques et tous partants pour aller voir ce *Rendez-vous* dans le cinéma An-Nasr qui se trouvait sur le chemin du collège.

Rendez-vous était curieusement programmé en deuxième partie, après un film de kung-fu sans intérêt. Il prenait la place d'un film indien. Pour voir l'actrice nue et blanche sur l'affiche il fallait donc attendre sagement, patienter comme nos parents le faisaient devant l'adversité, regarder des combats chinois interminables, barbares, sans charmes tout d'un coup, en un mot : ennuyeux. Enfin, elle arriva : les cheveux courts, toute habillée en rouge, très habillée même (une jupe, un pull en laine et un manteau d'hiver) ; une jeune femme qui voyait loin. Elle est apparue dès la fin du générique. Elle débarquait d'une ville de la province pour s'installer à Paris où le film allait entièrement se dérouler… Paris ou Rome, peu importait en fait, pourvu qu'on la voie nue et vite. Ostensiblement et sans aucune gêne nue sur l'affiche, l'actrice tarda à l'être dans le film.

Elle rencontrait pourtant plusieurs hommes qui avaient envie visiblement de coucher avec elle. Deux jeunes (l'un était comme un fou, un vampire, l'autre timide, gentil, maladroit), un vieux qui avait l'air d'un sage, d'un fantôme. Ils avaient de nombreux problèmes entre eux, ils parlaient beaucoup, ils criaient, ils ne faisaient pratiquement que ça, parler, crier et courir dans les rues de la ville la nuit. Ils parlaient en français bien sûr et vite : on ne comprenait pas grand-chose de ce qu'ils se disaient. Malgré quelques courtes scènes sexuelles, l'ennui, à force de jouissance sans cesse reportée, s'installa dans la salle. Trente minutes après le début du film, la salle commençait à soupirer. Dix minutes plus tard, elle était désespérée. On ne comprenait pas : toujours pas de femmes vraiment nues, pas de scènes de vrai sexe, c'est-à-dire des scènes qui duraient au moins une dizaine de minutes avec des caresses sensuelles, des baisers langoureux et des cris affolants… Certains spectateurs, ceux qui se préparaient d'avance à de longues séances de masturbation, commencèrent à s'énerver bruyamment, à siffler, à insulter le projectionniste, démiurge déchu, en l'accusant de couper les scènes les plus chaudes : « Fils de pute, on va te niquer », hurlait l'un, « sale pervers », renchérissait un deuxième, « pédé frustré », continuait un troisième, « on baisera ta femme, ta fille, ta sœur et ta mère si tu n'arrêtes pas de couper », criait un quatrième (curieusement, le projectionniste, dont on n'avait jamais vu le visage, ne répondait pas aux insultes des spectateurs, il demeurait en permanence mystérieusement silencieux, il ne communiquait qu'à travers ses coupes, ses censures, ce qui rendait certains spectateurs furieux, fous). Heureusement, un miracle eut lieu, ils se calmèrent : l'actrice de l'affiche était nue… enfin ! Elle faisait l'amour avec le personnage fou. Ils le faisaient violemment, comme des bêtes qui ne se maîtrisaient plus, ils se faisaient du mal, ils se détruisaient. Et ils n'oubliaient pas de parler. Cette scène, plus ou moins longue, fascina toute la salle. Les deux protagonistes avaient des rapports sadomasochistes qui rappelaient soudain le porno soft italien, pour nous culte, *L'Enchaînée* qu'on avait vu et revu de nombreuses fois sans s'en lasser. Le personnage fou frappait l'actrice nue, l'embrassait et l'insultait en même temps. Il avait un pouvoir mystérieux sur elle. Elle désirait fuir mais elle ne le pouvait pas.

Elle resta un bon moment nue, pour notre plus grand plaisir (on voyait ses seins, un peu petits pour notre goût, son ventre plat, son sexe et sa touffe noire, ses fesses qui, à l'inverse de celles des femmes marocaines, n'étaient pas très rondes, sa peau très blanche, trop blanche même). Mais cette façon d'être nue avait toutefois quelque chose de nouveau, rien de sensuel, rien d'érotique. Ce n'était pas pour le plaisir d'être nu, c'était plus compliqué, torturé, cérébral. À partir de cette scène, la salle resta muette jusqu'à la fin de la projection. Elle était peut-être choquée par ce qu'elle venait de voir, elle espérait sans doute revoir l'actrice de nouveau nue, de nouveau mystérieusement nue, comprendre quelque chose, avoir du plaisir. Mais, pour dire la vérité, on n'avait rien compris à ce film. À la sortie, mes copains faisaient toutes sortes de commentaires : « C'est nul, on ne la voit que très peu nue, et encore… » « C'est ça les films français, que de la parole, du bavardage, pas d'action, pas vraiment du sexe ou rarement. Pour parler, ils sont les champions du monde… » « Oui, oui, ils nous ont trompés avec leur affiche aguicheuse… » « C'est la dernière fois que je vais voir un film français, ce n'est pas la peine de gaspiller de l'argent… » « Moi aussi je n'irai plus, je me contenterai de regarder les films d'Alain Delon et de Jean-Paul Belmondo à la télévision… » J'étais bien sûr du même avis qu'eux, mais au fond de moi j'éprouvais un sentiment que je ne pouvais pas partager avec eux, que j'ai gardé pour moi avec un certain bonheur. *Rendez-vous* m'avait certes ennuyé, je n'y avais pas trouvé ce que je cherchais. Cependant, il m'avait marqué par son souffle inédit pour moi, par son esprit, par la destinée de l'actrice nue. Une scène à la fin m'avait particulièrement touché : Nina, c'est le prénom de l'héroïne, qui apprenait par cœur les répliques de son rôle dans une pièce de Shakespeare sans y arriver, me renvoyait à quelque chose que je connaissais très bien : apprendre et apprendre encore par cœur les leçons de géographie, d'histoire, de sciences naturelles, etc., pour réussir moi aussi dans quelque chose, réussir ce qui faisait ma vie à l'époque, avancer un petit peu vers l'accomplissement de sa destinée, cette chose qui nous suit, nous guide et nous dépasse en même temps.

C'était un rendez-vous avec un nouveau cinéma, une nouvelle façon de voir le monde, avec la France, avec André Téchiné, qui était le réalisateur du film, avec Juliette Binoche qui faisait ses premiers pas et imprimait sa lumière sur la pellicule. Un rendez-vous avec ma vie, déjà écrite, qui du futur lointain était venue, descendue me faire un signe, m'ouvrir les yeux et orienter mes pas vers Paris.

Un mois après mon arrivée dans la ville des Lumières, *Alice et Martin* sortait sur les écrans du cinéma : Juliette Binoche retrouvait André Téchiné douze ans après *Rendez-vous*. Il n'y a pas de hasard, tout est déjà organisé, prévu, nous ne faisons que suivre les étoiles, nos étoiles. Ça aussi, c'est un miracle.

Massaoula et le serpent

Même la colère de Massaouda avait quelque chose de joyeux. Elle ne restait jamais longtemps fâchée ou triste. Elle revenait toujours assez vite à la vie, à la joie.

Ma tante Massaouda était petite de taille. Vieille. Je ne l'ai connue que comme ça, vieille : vieille et pourtant si jeune dans son esprit, dans son cœur. Elle avait constamment mal aux articulations. Le simple geste de se lever ou de s'asseoir était une torture pour elle, et un spectacle, assez comique, pour nous. Elle jouait, elle exagérait son mal : « Aïe, aïe, Sidi Abdelkader Jillali, sois de mon côté, près de moi, ne me laisse pas seule. Aïe, aïe, je ne sens plus mes genoux… C'est quoi ce mal ? Je ne comprends rien à ce qui m'arrive. Qui s'acharne ainsi sur moi ? Qui veut faire de moi la risée de toute la famille ? Qui est cette femme méchante dans le cœur qui me jette des sorts ? Je ne suis qu'une petite vieille, qu'on me laisse tranquille, qu'on me laisse tranquille sinon je me fâche vraiment, pour toujours. Aïe, Aïe, Abdelkébir, viens m'aider, viens aider ta pauvre tante qui n'arrive presque plus à marcher, viens mon petit... Dieu me vengera et plongera dans le noir éternel celle qui me poursuit partout pour me jeter son mal dans le dos, sur mon chemin, et même sur ma porte... Dieu se vengera d'elle... Il y a une justice dans cette vie, dans ce monde... Abdelkébir, doucement, laisse-moi m'appuyer sur toi... Aïe, aïe, c'est l'enfer... Et moi qui voudrais encore danser à ton mariage... »

Elle était comme ça. Vieille et débordante d'énergie. Presque paralysée et encore très active. Elle était surtout très bavarde, comme ma mère, délicieusement bavarde. Inventive dans son langage. Libre aussi. Un jour, elle est arrivée chez nous vers midi. Il n'y avait rien à manger, juste du pain, de l'huile d'olive et du thé à la menthe. La dèche habituelle de chaque fin de mois. La colère nous habitait et sortait de nos yeux noirs, passant entre nous tout en formant un cercle parfait, une unité totale. Massaouda, elle aussi fauchée, espérait un meilleur accueil de notre part. Nous étions ternes, sans vie, tragiquement affamés. On broyait du noir. Un peu secouée, Massaouda enleva sa djellaba, s'assit sur une banquette et dit provocatrice, en me désignant du doigt : « Abdellah, va appeler le poissonnier Saïd de la rue d'à côté pour qu'il me baise. Je suis prête à me donner à lui pour cinq dirhams s'il le veut. Je lui ouvrirai mes jambes pour cinq dirhams ! De toute façon, ça ne sera pas la première fois. » Éclat de rire général. Ses mots étaient tellement vulgaires, tellement comiques dans sa bouche. On rit longtemps. De ses mots. Et surtout de ce qu'elle ne savait pas : le poissonnier Saïd était un homosexuel.

Massaouda et son frère, mon père, étaient très proches, trop proches. Ils se retiraient souvent dans un coin sombre de notre maison pour parler à voix basse de leurs secrets. Ils se confiaient facilement l'un à l'autre. Ils ressemblaient ainsi à deux chats inséparables. Massaouda avait beaucoup d'autorité sur mon père : Mohamed l'écoutait toujours, attentif, docile. À chaque fois qu'elle les découvrait ensemble, ma mère faisait le même commentaire, très ironique : « Elle est en train de le charger comme on charge une batterie. Que veut-elle ? Le marier encore une fois ? Il n'en a pas les moyens, déjà qu'on n'arrive même pas à subvenir à nos besoins… » Mais cela ne les empêchait pas de cultiver encore davantage cette relation plus qu'intime. Personne à la maison n'a pu connaître leurs secrets si précieux. Sauf ma mère peut-être. Mais elle est toujours restée muette sur ce sujet.

Massaouda connaissait beaucoup de contes. Elle les portait en elle et les développait au fur et à mesure, en les agrandissant et en les nourrissant pour nous les offrir la nuit, juste avant de dormir. Jusqu'à présent, la nuit et le sommeil restent pour moi associés à elle et à sa voix : je rêve sur elle, sur ses paroles, sur ses histoires fabuleuses, fantastiques et dévorantes.

La nuit, c'est le rêve à travers Massaouda.

Elle dormait avec nous, les enfants, au milieu de nous, elle nous habitait et on l'habitait. On entrait dans sa peau, et elle entrait dans celle de chacun de nous. Sa voix rocailleuse, si chargée de souvenirs et de voyages, était majestueuse. Dès qu'elle commençait à parler, on se taisait immédiatement, on était tout à elle, elle pouvait faire de nous ce qu'elle voulait. Massaouda ne nous faisait que du bien. Elle nous préparait pour l'avenir, pour la vie. Elle savait les erreurs qu'on allait commettre, elle n'essayait pas de les écarter de notre chemin. Elle nous révélait les siennes, pas toutes, elle en gardait certainement quelques-unes pour elle, celles que les autres ne pourraient pas comprendre : les erreurs qu'on aime, qu'on revendique et qui sont si souvent liées au cœur et à ses affaires, le cœur et ses élans, ses mouvements…

Massaouda était un mystère. Elle ne s'est jamais mariée. Elle n'en a pas moins vécu sa vie comme elle le souhaitait, goûtant à tous les plaisirs, ne se privant de rien, même pauvre. Elle était trois couleurs, bleue pour ses tatouages, rouge pour ses cheveux et jaune pour ses habits. Leur alliance faisait sa personnalité. Elle allait courageusement vers ses désirs. Libre. Et ce mouvement paraissait chez elle naturel, évident : personne ne s'en offusquait. Au contraire : on l'admirait tous. Elle seule connaissait la vérité sur la naissance de mon père : qui était son véritable géniteur ? Le mystère encore.

Avec l'âge, ses paroles étaient devenues encore plus énigmatiques, on aurait dit de la philosophie. On ne comprenait pas toujours ce qu'elle disait. On était complètement dans la fascination, dans le doute aussi. Était-elle folle ? On se posait parfois la question. La mort lui faisait très peur, le noir aussi.

Vers la fin, les trois dernières années de sa vie, elle s'était brusquement mise à fumer de temps en temps. La philosophe qui fume : là, on était choqués. Tous. On lui posait des questions sur cette soudaine manie. Elle nous regardait tristement et ne répondait pas. La réponse était sans doute dans ce silence éloquent.

Sa façon de fumer était maladroite, comique. Elle allait dans la cour de la maison, se cachait derrière les pots où mon père avait planté des tomates et des fèves, et se mettait à fumer ses cigarettes bon marché Favorites. Elle fumait lentement, lentement, comme si sa vie dépendait de cette fumée qui l'enveloppait tout entière, de l'extérieur comme de l'intérieur. Elle disparaissait derrière elle. À chaque fois elle fumait trois cigarettes coup sur coup. Cela durait une bonne demi-heure. Un temps pour elle, pour son ivresse, pour ses occupants. Elle parlait parfois de ces derniers : « Mes occupants ne m'ont pas laissée venir, ils m'ont bloquée, paralysée, ils m'obligent à faire ce que je ne dois pas faire, à briser les lois, à dépasser les règlements… » Des occupants fantômes. Ils étaient en Massaouda et semblaient l'aider à vivre. Ils lui imposaient de fumer peut-être : cette hypothèse n'était pas la bonne. Je lui en fis part. Comme réponse, elle se moqua de moi, gentiment, et elle se tut.

Le silence d'une femme comme elle avait tout le poids du monde.

Longtemps j'ai cru que Massaouda n'allait pas briser ce secret, révéler ce qui se cachait sous la pierre, ce qui dormait en elle. Un jour, alors qu'on avait cessé de lui demander des explications, elle le fit, mais indirectement. Elle nous raconta une histoire. L'histoire de Batoule.

Une veuve sans enfants. Ni jeune ni vieille. Seule. Qui vivait chez les autres, chez tout le monde. Elle passait d'un saint à l'autre, d'un moussem à l'autre, et sans doute d'un homme à l'autre. Son mari était mort dans la guerre de l'Indépendance. Batoule avait vécu avec lui dix années de bonheur tranquille. Sa belle-famille la détestait sans raison, elle ne venait pas leur rendre visite. Sa famille à elle n'existait plus : pas de mère, pas de père, ni frères ni sœurs. Ce que les autres auraient pris pour un véritable malheur, Batoule le qualifiait de destin. Par fidélité à son défunt mari, elle décida de continuer dans la voie du bonheur. Le bonheur sans trop de questions. Le bonheur simplement, sans compter, ni les heures, ni les jours, ni les mois. Seules les saisons l'intéressaient : il faisait froid, puis un beau jour chaud.

« La terre est grande, disait-elle aux gens qu'elle croisait sur son chemin, j'irai là où mes pieds me porteront, je dormirai chez celui qui m'ouvrira sa porte, je mangerai ce qu'on m'offrira, même l'aumône je l'accepterai, et je me donnerai à celui qui me regardera avec bonté, qui ne me jugera pas et qui, dès le lendemain, me laissera partir et n'essaiera pas de me retenir. Je me suis libérée de tout. Mon mari a eu tous les droits sur moi, j'étais à lui corps et âme. Jamais, jamais, il n'a abusé de ces droits. Il était toujours avec moi, à côté de moi. Maintenant, il est pour toujours en moi. Je suis libre comme le vent. Je suis le vent. Je ne fais que passer. »

Elle passait. Elle ne restait jamais longtemps. Au bout d'un certain temps elle finissait par repasser par les mêmes lieux, et par retrouver certains visages. Six ans après la mort de son mari, elle était devenue en quelque sorte une mystique, une poétesse libre qui se réclamait aussi bien de Dieu que des djinns. Une illuminée qui touchait tout le monde par ses mots et ses incantations qu'elle avait composées elle-même. Elle était dans l'amour, l'amour d'un autre temps, peut-être celui dont on entend parler quand les arbres au printemps commencent à chanter, l'amour du temps qui précéda l'arrivée de l'islam en Arabie.

Sans doute pour aller plus loin dans la liberté, elle décida de fumer. Cela ne gêna personne, pas même les imams avec qui elle discutait religion et soufisme, avec qui elle passait parfois ses nuits dans les mosquées. Mais cette décision ne venait pas d'elle. Batoule ne faisait qu'exécuter les ordres de l'animal qui l'habitait, qui vivait en elle, qui avait grandi en elle, en même temps qu'elle. C'était un serpent qui prit possession de son corps lors de sa première expérience amoureuse à laquelle ses parents et tout le douar étaient opposés. Elle alla jusqu'au bout de son désir. Au moment même où elle se donnait à son étranger, sa mère, avec l'aide de la sorcière du village, convoquait tous les esprits du mal et les suppliait de faire mourir sa fille qui allait la déshonorer. Les esprits du mal, voyant la sincérité de l'amour de Batoule, se contentèrent d'un châtiment. Le serpent, au début, ne faisait aucun mal à Batoule. Puis, un jour qu'elle était dans le mausolée d'un saint juif, le serpent manifesta sa présence de façon violente en essayant d'étouffer Batoule. Il remontait dans ses poumons et lançait son mal, son venin. À chaque réveil de l'animal, Batoule croyait qu'elle allait mourir. Elle alla au hammam, puis aux fquihs pour chercher un remède. En vain. Elle ne savait même pas ce qui se passait vraiment en elle. C'est un vieil imam qui lui révéla la présence du serpent dans son corps. Il lui conseilla de commencer à fumer : les cigarettes pour tuer le serpent !

Batoule racontait cette histoire à chaque fois qu'on lui demandait pourquoi elle fumait. Certains la croyaient. Pour d'autres : elle était une folle. D'un autre monde.

Selon Massaouda, Batoule vivait encore dans la région de Tadla. Elle la connaissait très bien : à chaque fois qu'elle allait au mausolée du saint

Moulay Brahim, elle lui rendait visite et elles s'échangeaient leurs histoires, leurs vies. Batoule ne quittait plus ce saint, ses pieds ne pouvaient plus la porter, elle était en permanence assise. Les gens venaient à elle pour avoir sa baraka, pour guérir, pour fuir.

Batoule et Massaouda sont mortes la même année. Elles sont enterrées dans le même cimetière, l'une à côté de l'autre.

Invitations

Elle me l'avait promise dès le début de l'année scolaire. Je ne l'ai eue que deux mois avant les grandes vacances. Le père de Mounya travaillait au centre cinématographique marocain et bénéficiait ainsi de quelques privilèges : rencontrer des réalisateurs, des acteurs, des stars même (Mounya en avait connu quelques-unes égyptiennes, elle ne se lassait pas de me faire, et refaire, le récit détaillé de ces rencontres : je ne m'en plaignais pas, au contraire, j'en redemandais à chaque fois), participer à des festivals de films, avoir enfin, et surtout, des places gratuites, autant qu'il en désirait, pour les salles de cinéma de Rabat. Mounya ne m'aimait pas. Pas comme je l'aimais en tout cas. Elle trouvait en moi une oreille qui l'écoutait passionnément, avide de ses histoires cinématographiques comme de ses anecdotes amoureuses. J'ai toujours apprécié les gens qui savent raconter leurs vies, leurs journées, leurs petits miracles quotidiens. Ils vous prennent avec eux dans leur monde grâce à leurs mots, grâce à leurs inventions, car ils ne se contentent jamais de décrire la réalité, ils vont jusqu'à l'inventer, la fabriquer pour vous faire honneur. Mounya était de ceux-là. Belle comme une Européenne en plus : un teint diaphane, des cheveux de soie, un sourire qui faisait craquer tous les cœurs, un accent *fassi* qui rendait ses mots magiques et sucrés… Devant Mounya j'étais dans l'émerveillement absolu. Émerveillé encore ? Oui, c'est comme ça que j'ai toujours fonctionné, c'est comme ça que je vois la vie, que je la veux : être capable de m'émerveiller chaque jour devant ses choses petites et grandes, ses créatures et ses bruits, ne pas devenir blasé, rester fasciné en permanence, dans l'adoration perpétuelle.

Avant la fin de cette année scolaire donc, Mounya m'apporta une invitation au cinéma 7e Art. Elle était valable pour deux personnes. Mais, c'était décidé depuis longtemps, je n'allais emmener personne avec moi. Pur égoïsme. Jusqu'à aujourd'hui il m'arrive encore de me comporter de cette façon-là. Partir seul à son plaisir. Rester ouvert à la vie, à ses imprévus et à ses inconnus. Quelqu'un d'autre de familier avec soi, cela veut dire le prendre en considération, lui parler, lui faire de la conversation, l'associer à tout pendant un certain temps, cela veut dire également porter un masque, celui qu'on attend de l'autre, renoncer aux fantaisies, à la folie : cela peut être merveilleux bien sûr, cela peut être aussi parfois lourd, insupportable, un empêchement de vivre profondément, d'exister entièrement, on passe à côté des choses au lieu de se laisser emporter par le temps et ses variations.

Je faisais la queue devant le guichet. Il n'y avait pas beaucoup de monde. C'était un jeudi, le jour de la sortie des nouveaux films au Maroc. Première séance, 14 h 30. Au programme : *Angel Heart* d'Alan Parker, film qui allait me faire peur et que j'ai adoré pourtant. Je me souviens de toutes les images de ce long métrage noir et pluvieux. Pour deux raisons : d'abord parce qu'il était réellement excellent, et ensuite parce que ce jour-là dans la salle, dans le noir, un homme troublant, un inconnu, était assis à côté de moi. Dans la queue, il était juste devant moi, je ne voyais que son dos assez large, son pull vert olive et ses cheveux un peu frisés, un peu gris. Cherchant je ne sais quoi, poussé par une curiosité qu'on éprouve tous lorsqu'on se trouve dans une queue, il se retourna tout d'un coup, vers moi, vers le reste de la queue. Un choc : il portait la moustache ! Un immense bonheur m'envahit tout le corps instantanément à cette découverte à laquelle je ne m'attendais pas du tout. Le genre de bonheur qui vous fait oublier qui vous êtes, qui vous transforme en un clin d'œil. Presque immédiatement j'eus l'idée de l'inviter à bénéficier avec moi du billet gratuit pour deux personnes que m'avait donné cette chère Mounya. Sans réfléchir une seule seconde je lui tapotai légèrement l'épaule. Il se retourna de nouveau, surpris. Je lui fis alors ma proposition. Il sourit timidement, hésita un peu, passa la main gauche dans ses cheveux, me regarda furtivement et finit par me dire cette phrase très belle et inoubliable, que j'avais déjà entendue dans d'autres bouches, adressée à d'autres personnes, jamais à moi : « Avec plaisir, mon petit ! » C'était tout, pas un mot de plus, ni de lui, ni de moi. Par contre, à partir de ce moment-là, sa présence écrasait tout le reste, le monde et les gens : j'étais avec lui ! J'étais son fils, il était mon papa moustachu. J'avais presque envie de lui prendre la main et de la serrer très fort. J'étais heureux de l'intérieur, joyeux, tremblant, explosif, sur la pointe du débordement. Il avait accepté, il allait me suivre, venir avec moi, passer du temps avec moi, regarder les mêmes images que moi. Dans l'intimité de la salle noire nous serions côte à côte, l'un pour l'autre. Le cinéma allait nous rassembler, nous unir, nous bénir et nous immortaliser. Le cinéma pour toujours. Le cinéma pour la plus grande des confusions. Et *Angel Heart*, notre film.

La séance terminée, pour me remercier, il m'invita à prendre un thé au café La Comédie, à quelques mètres seulement de 7e Art. Il faisait déjà presque nuit. Le café était bondé, rempli de fonctionnaires qui prenaient un verre avant de rentrer chez eux. Il commanda un thé fumé chinois et un mini gâteau au chocolat noir, spécialité de la maison, pour moi, et pour lui un cappuccino. Il y avait beaucoup de bruit dans le café, les gens étaient excités par la nuit qui tombait, par la fin d'une journée de travail, ils discutaient de façon intense, ils se racontaient et s'échangeaient leurs vies, leurs secrets, ils se vidaient pour mieux se remplir juste après. C'était un brouhaha curieusement apaisant, vivant. Les gens parlaient pour nous qui restions silencieux. Lui occupé à boire son cappuccino tout en me regardant dans les yeux, et moi qui mangeais le petit et délicieux gâteau et buvais, en me forçant, le thé japonais qui ne me plaisait pas du tout (je n'osais pas le lui dire : je faisais semblant que cela était à mon goût). Il ouvrit la bouche, il allait dire quelque chose, un mot, deux, une phrase, une question, une remarque sur le film, une proposition, mais aucun son ne sortit de sa bouche, tout était resté suspendu, la suite, les curiosités, les images, Robert De Niro, l'envie de, le désir… On était dans l'entre-deux, dans l'attente, heureux de ce qui nous arrivait. Il me sourit encore. Il fallait faire un pas. Il n'osait pas. Il avait peur, plus que moi. J'essayai de l'encourager avec mon regard que je rendais plus expressif. Il n'osait toujours pas. J'étais très jeune peut-être. Il avait vraiment peur. Il fallait cependant qu'il parle, qu'il dise quelque chose, n'importe quoi. Il n'y arrivait pas. Il souriait. Je souriais. Et puis, voilà. Il s'est levé, s'est penché vers moi pour me murmurer doucement dans l'oreille : « Merci… merci de tout… », m'a donné un baiser sur la joue gauche et partit. Je ne bougeai pas de ma place, je ne le suivis pas des yeux. Je n'étais pas triste. Il était sorti du café pour rejoindre son autre vie, pour disparaître à jamais, loin de moi, et toujours en moi des années plus tard.

Son baiser était chaud, il sentait le cappuccino. Aujourd'hui encore tout mon corps frémit quand je me souviens de sa moustache bien coupée qui s'avance, touche ma joue pour l'embrasser et en même temps la piquer légèrement, doucement, amoureusement.

De Jenih à Genet

Malika, la cousine de ma mère, habitait depuis trois ans à Larache avec ses cinq garçons. Son mari avait disparu tout d'un coup, cinq mois après leur installation dans cette ville connue pour ses vestiges romains, parti sans doute vivre avec une femme plus jeune que Malika, parti peut-être rejoindre les brigands de la Mamora, ou encore retourné à ses premières amours du côté algérien. Malika ne le cherchait plus. Elle avait pris l'habitude, au bout de trois mois seulement, d'organiser sa vie autrement, sans lui, loin de sa belle famille qui lui pourrissait l'existence au bled. Ses enfants étaient jeunes : le plus âgé venait d'entrer à l'université pour étudier les lettres françaises, il s'appelait Ali et était beau comme un dieu berbère. Les quatre autres étaient soit au collège, soit au lycée. Les garçons de Malika étaient différents des gens du bled où ils avaient pourtant grandi, ils avaient, et surtout Ali, une élégance naturelle, raffinée, belle à voir et à admirer, qui leur conférait une certaine autorité. Plus tard, toutes les portes s'ouvriraient devant eux, les portes de la vie et du ciel noir mais étoilé pendant la Nuit Sacrée du ramadan. Malika savait qu'elle pouvait compter sur eux, pourquoi se soucier alors d'un mari ivrogne qui la battait jour et nuit et qui lui interdisait de sortir respirer l'air pur de la vie, de la forêt et de la mer ? N'ayant pas d'argent, ses enfants étant encore à l'école, elle avait décidé de chercher du travail. Elle en avait trouvé un rapidement : cuisinière chez un couple français dans le quartier des villas de Larache. Ils étaient bien gentils ces Français, surtout l'homme, Guillaume, qui aidait les fils de Malika dans leurs études ; lui aussi était subjugué par le magnifique Ali à chaque fois qu'il le voyait.

Ma mère M'Barka n'avait pas vu sa cousine depuis dix ans. Et moi je découvrais cette femme proche et lointaine, et par la même occasion Larache, pour la première fois : elle ressemblait énormément à ma mère ; elles avaient le même nez pointu, les mêmes yeux en amande, les mêmes tatouages sur le menton et entre les sourcils. Malika aurait pu être la sœur de M'Barka : il suffisait de les voir s'embrasser chaleureusement, fiévreusement pour en être convaincu. La longue séparation n'avait en rien altéré leurs sentiments, leur amour. Elles parlaient comme si elles ne s'étaient jamais quittées, les histoires, les contes sortaient de leur bouche en continu, en beauté. Les cinq garçons et moi l'écoutions avec une grande attention – Malika n'avait heureusement pas de télévision. Elles se dévoraient des yeux et personne n'aurait pu à ce moment-là les séparer, elles avaient tellement de choses à se dire, à sortir, elles étaient en communion.

Ali, bien sûr, me plaisait beaucoup, je le regardais discrètement, je l'adorais des yeux en douce, et dans le cœur j'avais un désir fort d'être avec lui, de sortir avec lui un moment, rien que lui et moi un moment. Malika, comme si elle avait lu dans mes pensées, me sauva : « Mon fils chéri Ali, le couscous ne sera pas prêt avant deux heures de l'après-midi, emmène Abdellah dans la ville, montre-lui les rues, le souk, guide-le... emmène-le sur la tombe de Jenih... » Je ne connaissais pas ce saint : saint Jenih. M'Barka m'avait fait aimer depuis tout petit les saints, leur tombeau et leur baraka. Je répondis en priant : « Oui, oui, je veux voir la ville et surtout Jenih... » Ali, la gentillesse incarnée, dit : « Sans problème. Viens Abdellah, moi aussi cela fait longtemps que je n'ai pas été sur sa tombe. »

Ali : 19 ans. Moi : 13 ans. Ali et moi dans les rues vides de Larache – c'était l'heure sacrée pour les Marocains du déjeuner. Ali et moi seuls. Ali et moi sur un chemin mythique rempli de baraka. Ali qui me surveille, qui fait attention à moi, qui met son bras sur mon épaule. Ali pour moi. Ali et son français qui faisait accroître mon admiration pour lui. Ali était réellement magnifique.

Larache me plaisait même désert, je devinais sa vie cachée, ses secrets, ses mystères. On se promenait Ali et moi depuis une heure à peu près. Il ne restait que saint Jenih. Sur notre chemin vers lui, on rencontra un homme français – j'ai su après que c'était Guillaume chez qui travaillait Malika. Ali lui parla dans cette langue qui me fascinait déjà beaucoup mais que je ne comprenais pas bien encore : le français. Ali le parlait aisément, j'étais fier de lui, content d'être en sa compagnie en pareil moment. Leur discussion ne dura pas longtemps, cinq ou six minutes seulement. En nous quittant, Le Français m'a jeté un regard bienveillant et a passé sa main droite dans mes cheveux frisés : j'ai compris plus tard que je lui avais plu.

On était un peu en dehors de la ville, plus proche de la mer bleue et calme ce jour-là. Je cherchais en vain un mausolée, une kouba, rien ne m'apparut, juste un cimetière pour chrétiens, le cimetière espagnol. « C'est ici que se trouve la tombe de Genet, dans ce cimetière, près de la falaise », a dit Ali en arrivant devant la porte d'entrée. À l'inverse de sa mère, il ne disait pas Jenih mais Genet : je ne comprenais rien à rien. « C'est un saint chrétien ? », lui ai-je demandé. Il me répondit : « Non, non, ce n'est pas un saint… c'est un écrivain français très important et très célèbre dans le monde entier… Il ne s'appelle pas Jenih comme dit ma mère, mais Genet, Jean Genet. Dis-le ! » Je m'exécutai sans trop me faire prier, mais je massacrai le nom de ce grand écrivain qui m'était complètement inconnu, Ali ne s'arrêtait pas de rire. Il riait de ma prononciation, et cela ne me vexait pas du tout : j'étais ravi de le voir heureux, ravi de voir et d'entendre son sourire.

Genet était la bonne prononciation, mais je préférais dire Jenih comme Malika, c'était plus marocain ainsi, plus proche de moi.

Ali m'expliqua après que Jenih aimait beaucoup les Marocains et surtout un, Mohamed Al-Katrani qui vivait à Larache et qui venait de mourir dans un accident de voiture. Jenih avait tenu à ce qu'il soit enterré à Larache près de lui. Je posais alors cette question : « Jenih était donc amoureux d'Al-Katrani ? » Surpris d'abord, Ali dit après quelques secondes de silence et en me regardant dans les yeux : « Oui, il l'aimait… il l'aimait. » Et c'est tout. J'avais l'impression qu'il en savait plus et qu'il ne voulait pas tout me révéler. « Un jour, un jour, tu connaîtras toute l'histoire, Abdellah… Maintenant, allons sur sa tombe. »

Une tombe musulmane dans un cimetière chrétien ! Une tombe toute simple, blanche, regardant Larache et la mer. Une tombe entre deux mondes, entre deux surfaces, entre deux pays. Une tombe qui va vers le ciel, qui invite au recueillement. Une tombe émouvante qui aurait très bien pu être celle d'un saint musulman et marocain, la première pierre d'un mausolée, un lieu de pèlerinage pour les amoureux, les malheureux et ceux qui ne savent où aller… Le site sur lequel elle se trouvait était très beau, en permanence inondé de lumières vives, celles des anges et des martyrs de la vie peut-être.

Ali m'a conseillé de lire quelques versets coraniques et de prier pour le mort. J'ai suivi son conseil tout naturellement, sans me poser trop de questions, dans l'émotion. Jenih nous aimait : prier pour lui et pour son âme s'imposait. Le temps de deux ou trois minutes : la communion des deux mondes, des deux vies, des deux lumières ; un échange, un don… De l'amour en quelque sorte. La paix là où je ne l'attendais pas, en permanence dans l'air, on la respire, et elle nous change.

On était sur la tombe de Jenih depuis une demi-heure et Ali ne voulait toujours pas la quitter. Il fallait rentrer à la maison manger le couscous de Malika. « Restons encore un peu ici, Abdellah. Tu n'aimes pas ce lieu… tu n'aimes pas la mer, tu n'aimes pas les mots, le soleil… Juste quelques minutes encore… » Il avait un autre visage en prononçant ces mots, ses traits étaient empreints d'une souffrance profonde, vive, d'une nostalgie poignante et impossible à évacuer… Ses yeux, noyés dans les larmes, voyaient autre chose que les miens, étaient sans doute dans le souvenir de moments passés, chers, encore vivants dans le cœur. Je me rapprochai de lui, mon corps frôlait le sien, et regardai dans la même direction que lui, vers l'océan de l'invisible. Il mit alors sa main gauche sur ma nuque, puis sur mon épaule de gauche. Il me serrait et je ne demandais qu'à être serré.

« On vous attend depuis longtemps. On n'a pas voulu manger le couscous sans vous. Ça t'a plu Larache, Abdellah ?

– Oui, tante Malika, beaucoup, beaucoup…

– Et Jenih ?

– Surtout Jenih, ma tante. Je reviendrai bien volontiers sur sa tombe une autre fois. C'est un endroit unique…

– Je vois que toi aussi tu as été touché par lui, par sa lumière… Il a été un grand écrivain, tu sais.

– Oui, Ali, qui a lu ses livres, me l'a expliqué.

– Était-il musulman ? demanda ma mère M'Barka.

– Non, ma cousine.

– Un mécréant alors…

– Tu sais bien que la religion n'est pas tout dans la vie, M'Barka. Regarde-moi, j'ai plus trouvé le bien du côté des chrétiens que du côté des musulmans… La religion n'est pas tout. »

Je n'oublierai jamais cette réponse qui étonna beaucoup M'Barka et l'incita sans doute à réfléchir autrement. En mangeant le couscous ce jour-là, on pensait tous à Jenih. C'était son couscous.

Je n'ai plus revu Malika, ni Ali, ni les autres. Trois ans après cette visite, Guillaume le Français, qui avait divorcé d'avec sa femme, les emmena tous au Canada où il avait fondé une nouvelle société d'entreprises. Il paraît que Malika est devenue riche, une femme moderne, et qu'elle ne veut plus revenir au Maroc. Je n'ai jamais compris cette réaction. Et Ali ? Lui aussi préfère rester là-bas, loin dans l'Amérique. A-t-il oublié Jenih ? Non, non, certainement pas, je l'imagine encore vibrant d'émotion dès que ses pensées se tournent du côté de cet écrivain… Peut-être même qu'il revient discrètement de temps en temps lui rendre visite, se recueillir sur sa tombe, se souvenir sur les lieux mêmes du souvenir… C'est bien possible.

Il avait raison Ali, j'ai fini par connaître toute l'histoire de Jenih. Je sais à présent bien écrire et bien prononcer son nom, même si au fond je reste fidèle à Malika et à sa manière d'arabiser et de s'approprier cet écrivain en l'intégrant à sa réalité quotidienne. Jenih… Sidi Jenih.

J'ai choisi, comme Ali, la littérature française pour mes études et pour mes rêves. Pendant six ans, j'allais quotidiennement à Rabat, laissant Salé et ses fous sur l'autre rive du Bou Regreg. Je prenais le bus numéro 14 et je m'arrêtais toujours à l'avant-dernière station, celle qui jouxte le grand jardin Moulay Abdellah où Jean Genet aimait se promener quand il était dans la capitale marocaine (c'est un jardin rempli de garçons, les après-midis surtout). Il fallait marcher encore dix à quinze minutes pour arriver à l'université Mohamed V. Sur ma route, je passais à chaque fois devant le Bar Terminus, en face de la gare, où les serveurs et les prostituées se souviennent toujours du petit-homme-écrivain un peu chauve et aux yeux doux et interrogateurs : il s'asseyait toujours à la même table près des vitres qui donnent sur le boulevard Mohamed V. Juste à côté, pas loin de la place de

Bagdad, se trouve l'immeuble où Roland Barthes a habité durant l'année universitaire 1972-1973. Le chemin du littéraire. Apprendre à mieux connaître le français et la littérature française, c'était aussi connaître les histoires de ces deux écrivains et ce qui les a amenés jusqu'au Maroc, jusqu'à Rabat. La littérature et la vie réelle sont à jamais unies pour moi, l'une ne peut exister sans l'autre. La vie sans les mots des livres me semble impossible à vivre.

À l'université, la vie de Jean Genet me réservait encore une grande surprise. Abdallah le funambule ! L'ami, l'amant, le fils, le compagnon, le disciple tendre et délicat… Voilà un garçon, découvert dans les livres, qui est entré immédiatement dans ma mythologie personnelle, dans mon cœur. Lui aussi, depuis 1964, vit dans l'autre monde, mais son histoire d'ici-bas est encore incomplète. Un jour, je l'écrirai.

Le Maître

Cette année-là il faisait beau tout le temps, même en plein hiver, du soleil, rien que du soleil, pas une seule goutte de pluie. Le ciel était mois après mois toujours bleu, désespérément bleu. Les agriculteurs priaient dans les mosquées, imploraient Dieu de nous envoyer un peu des nuages gris, noirs qui recouvraient en permanence l'Europe juste à côté. Leurs prières ne furent pas exaucées, et le gouvernement fut contraint de déclarer officiellement que le Maroc connaissait de nouveau une année de sécheresse.

Monsieur Kilito commençait toujours son cours de roman-analyse, que je devais suivre, par la même phrase, toujours ponctuée à la fin d'un léger sourire à la fois amusé et ironique : « Il fait encore beau ! Il y en a qui se promènent en ce moment dans les jardins, au bord de la mer… Ils ont de la chance ! » Il marquait une pause de deux ou trois secondes et continuait lentement, en prenant tout son temps : « Mais il y en a qui ont plus de chance, au lieu des jardins ils préfèrent se promener dans les livres, entre les lignes, dans les mots. » Deuxième pause. « Retournons alors à notre roman *Bel-Ami*, Georges Duroy nous y attend. »

Un rituel littéraire que tous les étudiants appréciaient, même ceux qui prétendaient que M. Kilito n'était pas un bon pédagogue. La littérature comme un jeu, une promenade. Le plaisir de manipuler les mots, les tourner et les retourner inlassablement dans tous les sens, leur chercher de nouvelles couleurs, de nouveaux goûts. M. Kilito nous invitait au début de chacun de ses cours à un voyage, à un rêve, à une sieste – la séance avait lieu chaque vendredi de quatorze à seize heures.

Nous nous intéressions cette année-là au destin de Georges Duroy, le héros ambitieux de *Bel-Ami*, un des personnages les plus fascinants créés par Guy de Maupassant. Malgré son esprit arriviste, cynique, malgré son manque de scrupules, nous l'aimions tous en classe, nous le soutenions avec ferveur dans ses stratégies de séduction pour parvenir à gagner le cœur des nombreuses et riches femmes qui papillonnaient autour de lui, et par la même occasion gravir les échelons de la promotion sociale. Chaque nouvelle étape était couronnée d'un dîner somptueux durant lequel Duroy satisfaisait à la fois sa faim et sa libido. Il passait d'une femme à l'autre, et se souciait peu des dégâts qu'il laissait derrière lui, seule comptait la réussite sociale, avoir une place parmi les riches Parisiens, se faire accepter d'eux, puis les vaincre dans leur propre camp.

Nous étions ses inconditionnels supporters, nous priions presque pour lui.

Cet enthousiasme ne manquait pas de soulever l'intérêt de M. Kilito qui ne cessait de nous poser cette question : « Pourquoi aimez-vous Georges Duroy ? » Lui aussi, il l'aimait visiblement. Il cherchait toujours à connaître les raisons de notre attachement, à nous, pour ce personnage pas vraiment sympathique et peu moral dont on appréciait la compagnie dans le roman de Maupassant alors qu'on aurait tout fait pour l'éviter si on avait dû le rencontrer dans la vie réelle.

Les réponses des étudiants ne manquaient pas. Mais elles étaient peu originales, classiques, et ne dévoilaient surtout rien d'intime. M. Kilito aimait les surprises, il ne cessait de nous répéter : « Étonnez-moi ! » Il pouvait se montrer un jour familier et un autre intimidant. On ne savait pas jusqu'à quel point on pouvait aller avec lui. Oser ? se retenir ? Un vrai dilemme, auquel je fus confronté bien des fois.

Ce que j'aimais par-dessus tout chez Georges Duroy, c'était sa moustache. De mon point de vue elle était la touche indispensable qui affirmait sa virilité et révélait sa beauté. Car Duroy était beau, il le savait et se servait de cet atout comme d'une arme séduisante et tranchante à la fois. Les roses se laissaient volontiers cueillir par lui, elles ne résistaient pas malgré le danger, elles cherchaient toutes à avoir un baiser fougueux, au mieux une étreinte, même brève, pourvu qu'elle soit passionnée, loin des règles et des traditions. La moustache était toujours là, elle avait sa place, son toucher, son goût, son piquant. Elle titillait la chair des jolies dames qui ne demandaient que ça : être honorées par le « roi » Duroy.

Sa moustache était une vraie, bien fournie, légèrement tombante, pas vraiment bien entretenue. On avait l'impression qu'elle allait déborder d'un moment à l'autre, exploser, envahir tout le visage de Duroy et même couvrir tout le reste de son corps. Une moustache incontrôlable, qui *allait* de l'avant, toujours, vivante et, surtout, gourmande de tout. Elle ouvrait toutes les portes, toutes les lèvres, tout ce qui était fermé. Une moustache qui conjuguait à merveille l'arrivisme et l'hédonisme.

Le prénom de Duroy, Georges, était en parfaite adéquation avec sa moustache. Je ne sais pourquoi, j'étais convaincu à l'époque que tous les Georges de la terre étaient des moustachus (pourtant, à part Duroy, je n'en avais pas encore connu, des Georges). Je m'accrochais à cette évidence qui ne l'était pour personne d'autre que moi et, à ma manière, je soutenais Duroy dans son irrésistible ascension comme s'il s'était agi de la mienne. Je m'identifiais à lui, aurait dit un psychanalyste. Peut-être. Une chose est sûre : je l'aimais ! Je l'imaginais sans difficulté en Arabe.

M. Kilito aussi portait la moustache (en plus d'une barbiche ; le mariage des deux donnait chez lui ce que mon frère Mustapha appelle un *douglas* classique). Elle accentuait son air d'intellectuel et l'aidait à mieux cacher sa timidité. Quand on le croisait dans la rue, M. Kilito nous saluait rapidement et se sauvait tout aussi rapidement, comme s'il avait peur tout d'un coup des mots, comme s'il n'en avait plus. On retrouvait un peu de ce comportement en classe : il était toujours attentif à ce qu'on disait, profond dans son analyse, mais jamais il ne regardait quelqu'un directement dans les yeux, il fuyait... Heureusement, son côté sérieux ne lui faisait pas oublier que la littérature, c'est aussi de l'amusement, la rencontre de l'académique et de l'insolite. Il nous encourageait ainsi à faire des interprétations « impertinentes », à dépasser justement le cadre étroit de l'université. Mais à une seule condition : maîtriser parfaitement le français, ne pas faire des fautes d'orthographe (dont il avait horreur).

Malgré tous ses encouragements je n'osais pas lui faire part de ma vision de Georges Duroy et de sa moustache magique. J'avais peur qu'il ne me prenne pour un pervers, ou qu'il ne soit pas du même avis que moi, ou bien encore qu'il juge mon interprétation forcée... inintéressante. Je la gardai donc pour moi. Mon culte pour la moustache devint alors plus secret que jamais, le révéler aurait trahi des choses intimes que je ne partageais avec personne. Je n'étais pas encore prêt.

Cette attitude devant les Lettres était unique dans le département de français. M. Kilito sortait vraiment du lot. Tout en lui était d'ailleurs original, séduisant, pour le clan des kilitophiles du moins (dont je faisais bien évidemment partie). On l'adorait ou bien on le détestait : il ne laissait personne insensible, indifférent.

Frustré de ne pas avoir osé lui faire part de mon point de vue sur Duroy, je décidai l'année suivante (où la pluie tomba en abondance) de m'inscrire à son séminaire de maîtrise qui ne devait comprendre que quatre étudiants. Pour mon plus grand bonheur il accepta de diriger mon mémoire sur… Georges Duroy et son rapport à la nourriture.

Ce fut une année passionnante, déterminante pour le reste de ma vie, plus intime avec le Maître.

Pendant que nous préparions nos mémoires, M. Kilito, lui, se préparait à la sortie de sa première œuvre de fiction. Jusqu'à présent il n'avait publié que des essais qui s'intéressaient principalement à la littérature arabe classique. Pour lui aussi c'était une première. Il nous tenait au courant de temps en temps des différentes étapes qui précédaient la sortie de son livre. Le choix du titre, de la couverture, la correction des épreuves, le genre auquel il devrait appartenir (un roman ? un récit autobiographique ? des nouvelles ?), les changements de dernière minute, etc., puis l'attente. L'attente de la seconde naissance, celle qui sera publique. Nous attendions avec lui. Nous étions fiers de lui. La sortie de ce livre était un événement certain, auquel nous allions d'une certaine manière contribuer. Un jour, il nous annonça le titre définitif, *La Querelle des images*, qui rappelle les titres des anciens livres arabes. Bien sûr on informait nos amis dès qu'on avait du nouveau.

Il devait sortir en novembre, puis en janvier, et finalement il était dans les librairies début mars. M. Kilito nous dit ce jour-là une phrase que je n'oublierai jamais : « Le plus grand bonheur, c'est d'être publié ! » Il était heureux : nous aussi. On continuait de parler de lui, de lui faire de la publicité en quelque sorte, de suivre la carrière de son livre dans les librairies. Quand il donnait une conférence à Rabat, on se déplaçait, quand il faisait des signatures, on était là aussi. Il nous saluait de loin. Il nous appelait « la clique des fidèles ».

La Querelle des images est composé de plusieurs textes d'inspiration autobiographique. Il est écrit à la troisième personne du singulier. Le héros porte le prénom d'Abdallah. Ce fut une très agréable surprise pour moi. M. Kilito avait bien fait de tenir cette information secrète. Ce prénom, qui est aussi le mien (en français le mien porte un « e » après le « d » et non un « a »), me rattachait davantage à la littérature. Abdallah était le double de M. Kilito, son image et son ombre. En adoptant le « il », le Maître s'éloignait de lui-même pour mieux se voir, et se rapprochait davantage de nous par le biais d'un passé qui nous était finalement commun. On entrait ainsi par une grande porte dans l'intimité de M. Kilito. Finie la timidité. Il disait tout sur son enfance dans la médina de Rabat.

La soutenance de mon mémoire se passa bien. Sans surprise, je réussis ma maîtrise. Et devant moi s'ouvrait un nouveau monde, celui de l'écriture littéraire où les mots prennent un sens autre pour révéler le secret et ses lumières, l'invisible et ses signes. M. Kilito était mon mentor sans le savoir.

L'été qui suivit, avec mes amis Saïd, Ahmed et Essame-Eddine, je fondai le Cercle Littéraire de l'Océan. Écrire. S'écrire. S'ouvrir à soi-même et aux mots. Se donner à lire.

Voyeur à la rue de Clignancourt

Il y a une éternité, mon grand frère Abdelkébir nous a montré, au petit Mustapha et à moi, un film d'Alfred Hitchcock inoubliable, un film qui circule encore dans les ruelles de ma mémoire, bien que je ne l'aie vu qu'une seule et unique fois : *Fenêtre sur cour* (*Rear window*). Quand mon cerveau vient à penser à ce cinéaste gros, qui aurait été superbe dans une djellaba fassiya blanche, c'est ce long métrage qui surgit en premier et se projette immédiatement sur l'écran de mes yeux. James Stewart, la jambe dans le plâtre, immobile, élégant, sur le point de craquer comme toujours, face à une fenêtre qui donne sur une grande cour. Il peut tout voir. Plusieurs histoires à la fois. Des histoires en feuilleton. Alors il en profite largement. Il sera aidé par sa bonne, puis par sa fiancée, la belle blonde Grace Kelly (et ses robes haute couture et ses perles qui scintillent…). Comme d'habitude chez Hitchcock, il y aura un crime, un crime conjugal.

Fenêtre sur cour est entré en moi au moment où je commençais à prendre au sérieux le cinéma – ce n'était pas que du divertissement, c'était autre chose : un art ! Depuis, cet art me suit chaque jour. Je vis avec le cinéma en permanence. Je vis avec *Fenêtre sur cour*. Je suis un voyeur.

Je le suis devenu davantage depuis que je me suis installé à la rue de Clignancourt dans le 18e arrondissement parisien. Le studio que j'occupe donne sur une rue où passent sans interruption des voitures au bruit assourdissant. Cela m'effrayait au début. Je n'entendais que ce bruit, il m'empêchait de travailler, il me rendait fou. J'ai même envisagé de le quitter, ce studio. Avec le temps, je me suis habitué : je ne fais plus attention au vacarme qui m'entoure. Par contre, ce à quoi je fais de plus en plus attention, c'est l'immeuble d'en face. Il est de couleur blanche, les fenêtres n'y ont pas de volets. Il est un peu vieux, un peu sale. En bas, au rez-de-chaussée, il y a une boulangerie (tenue par une Marocaine petite et généreuse : Zahra) et un coiffeur pour vieilles dames encore chic. C'est un immeuble anodin comme il en existe tant à Paris.

Un soir qu'il régnait une vraie chaleur d'été avant l'été, j'ai ouvert la fenêtre pour aérer mon petit logis et éteint la lumière pour ne pas attirer les moustiques. Je me suis allongé sur le lit et j'ai regardé le ciel étoilé pas encore complètement noir. Comme j'habite au 5e étage, je peux également voir quelques toits de Paris. Ce soir-là, je contemplais le ciel calme et je regardais les toits sur lesquels les pigeons avaient élu domicile. Il y avait une paix inhabituelle dans l'air. Je ne pensais à rien ; j'étais là tout simplement, ouvert à tout. Soudain, un frêle bruit, un murmure, un chuchotement, me parvint jusqu'aux oreilles. Les paroles étaient arabes ; je les ai tout de suite identifiées. De l'arabe classique. Du Coran. Une voix musulmane disait des versets coraniques d'une façon douce, pieuse. Je fermai les yeux et me laissai bercer par ces sons de chez moi, du Maroc – car c'était une voix marocaine, elle me rappelait douloureusement celle de mon défunt père. Je continuais de fermer les yeux. Grâce à cette voix, je pénétrais un autre monde et je montais dans un autre ciel, lentement, intensément. Je m'accrochais.

Mais d'où viennent ces mots magiques, me demandai-je en me levant du lit et avançant vers la fenêtre. Mes yeux se dirigèrent sans mon autorisation vers l'immeuble blanc d'en face, comme s'ils savaient bien avant moi d'où provenaient ces paroles pieuses. Il y avait un homme qui priait ; il priait depuis un certain temps déjà, il rattrapait sans doute les prières de la journée qu'il n'avait pu accomplir dans son lieu de travail. Cet homme, d'une cinquantaine d'années, un peu chauve, portant une vraie moustache noire, habitait lui aussi au 5e étage. J'avais devant moi un instant précieux durant lequel un musulman était en contact avec Dieu, il louait Dieu, Le priait, se prosternait et se relevait inlassablement pour Lui. Il avait la foi. Il cherchait la bénédiction, la paix. Il voulait être heureux. Il pensait au paradis, en rêvait. Il priait avec ferveur et sa voix traversait la pièce où il était, puis la rue, et entrait jusqu'à chez moi m'apportant avec elle la paix. Et j'étais de plus en plus dans la paix, entouré de paix.

Je ne pouvais détacher mes yeux de lui, il me rendait heureux. Des images lointaines, presque oubliées, remontaient… Mon Maroc ! Le plus émouvant : pour accomplir ce rite religieux, il avait ouvert la fenêtre, il ne fallait pas qu'il y ait d'obstacles entre Dieu et lui, il fallait une communion totale, élevée ou rien. Je le voyais sans être vu de lui, j'étais dans le noir. Longtemps dans le noir regardant sa lumière à lui.

Cette scène sacrée se renouvelait de temps en temps. D'autres scènes se substituaient à elle dans la même chambre. Elles avaient la plupart du temps pour héroïne une jeune fille qui ressemblait beaucoup à l'homme qui prie. Le même front large, les mêmes yeux verts et la même couleur de peau un peu jaune. Elle devait avoir 22 ou 23 ans. Elle occupait la chambre la matinée principalement, parfois en début d'après-midi à l'heure de la sieste. Elle se penchait par la fenêtre pour voir ce qui se passait dans la rue. Elle se penchait tellement que j'apercevais ses fesses énormes, monstrueuses presque, qui ne cessaient de bouger, de danser. Elle restait scotchée dans cette position une heure durant, peut-être plus. Elle voyait avec intensité, les yeux grand ouverts, ce qui se déroulait dehors. On partageait visiblement le même vice : le voyeurisme. Elle était comme hypnotisée par ce qui arrivait de nouveau dans son champ visuel, tout suscitait sa curiosité. Pour chacun des passants, elle inventait une histoire, imaginait un film. Et ainsi de suite. Je la comprenais. Je faisais pareil.

Parfois, à l'intérieur de cette chambre où un fil était suspendu d'un bout à l'autre pour sécher le linge, un jeune homme faisait des apparitions éclair, le temps d'exécuter quelques étirements et d'autres mouvements sportifs. Il avait les mêmes traits que sa sœur, mais en plus beau. Son corps était bien travaillé, souple, les muscles forts, virils, naturels comme ceux des maçons. Il finissait toujours ces séances par une sorte de danse à la fois moderne, européenne et en même temps marocaine, plus exactement berbère, de la région de Sousse. Il bougeait tantôt nerveusement, tantôt doucement, en ralenti : il suivait sa propre musique qu'il pouvait seul écouter, qu'il aimait vraiment. Il dansait sans savoir qu'il s'offrait en spectacle. Cette inconscience le rendait encore plus beau.

Comme sa sœur et son père, je l'aimais. Tellement que je lui donnai un prénom : Fouad. Le cœur. Le père : H'Mad. La sœur : j'hésitais entre Fadhma et Maryama ; je l'appelais par les deux.

Il ne manquait que la mère. Je ne la voyais que très rarement. Elle passait à toute vitesse sans trop regarder dans la direction de ma caméra. Elle passait pour ramasser le linge, prendre une serviette. Elle avait d'autres occupations, plus urgentes, sans doute dans la cuisine. C'est elle qui fermait la fenêtre et tirait les rideaux par la même occasion. Elle ne m'aimait pas. Je ne l'aimais pas non plus.

Les appartements d'à côté, d'en haut comme d'en bas, étaient trop calmes. Les locataires étaient des Français bien comme il faut, civilisés, tous. Sauf un au premier étage. Il occupait deux pièces qui donnaient toutes les deux sur la rue. Grand, brun, le crâne rasé, un peu artiste qui se la joue, un peu sauvage, mignon. Il me plaisait beaucoup. Étudiant, comme moi. Son appartement, en permanence bordélique, un peu comme le mien. On était frères. Je veillais sur lui. L'une des deux pièces était un salon où il se retrouvait un soir sur deux avec ses amis garçons. Ils formaient sûrement un cercle… littéraire. Ils ne pouvaient qu'être des littéraires, ces garçons, impossible de leur imaginer une autre sensibilité. Aucune fille dans l'entourage, au début du moins.

Armand, c'est le prénom que je lui avais choisi, comme l'amoureux de Marguerite Gautier, la Dame aux camélias, ramenait régulièrement avec lui, généralement le vendredi soir, une blonde insipide qui ne lui convenait nullement. Dès qu'ils débarquaient dans l'appartement, ils passaient aussitôt aux choses sérieuses. Plus d'une fois, j'ai suivi en direct leurs ébats amoureux : ils avaient beau tirer les rideaux, il restait toujours un petit coin non voilé qui permettait de tout voir. Ils faisaient l'amour, en plus, la lumière allumée. Ils finissaient assez vite, une demi-heure à peine. J'en étais sûr : Armand n'était pas amoureux de cette fille banale et sans attrait à mes yeux. Il continuait néanmoins à la voir, pour les mêmes raisons, et toujours en une demi-heure. Je me sentais frustré, pour lui.

Ma vie en Europe m'a appris ceci : on ne pourra jamais vivre seul, totalement seul. On a besoin de l'autre, même quand il nous dérange. Tout ce qu'on fait, c'est pour l'autre. Seul dans cette existence : nombreux sont ceux qui vivent ainsi, ici. Moi, j'ai besoin du contact avec l'autre, même de loin, le regarder longtemps, le toucher de très près, partager le cœur et ses secrets, l'intimité et ses troubles, le passé qui n'est jamais aussi vrai, aussi clair et beau que dans le présent.

J'ai choisi l'exil, j'ai laissé ma famille à Salé. À Paris, j'en ai trouvé une autre, un peu spéciale : je communique avec elle toujours en silence en regardant par ma fenêtre.

Le rouge du tarbouche

Métro Barbès-Rochechouart. Sortie Boulevard Rochechouart. 18 heures 30. La nuit dominait la ville depuis longtemps. Paris vivait son moment préféré : la fin d'une journée de travail. De l'agitation partout ! Les gens sortaient de leur trou, ils respiraient un peu d'air frais, se bousculaient sur les routes et finissaient par disparaître dans le noir. Bientôt Noël : les lumières rendent Paris encore plus magique, elles émerveillent petits et grands et égaient pour quelque temps les plus tristes.

18 heures 30. J'étais en avance de quinze minutes à mon premier rendez-vous avec Alain.

« Comment vous reconnaître ? »

Je voulais qu'il me parle de l'Égypte, de Siwa et du Caire où il vivait la moitié de l'année.

« Je porterai un manteau gris et une écharpe bleue. »

Dans la foule excitée de Barbès en fin de journée, ce n'était pas suffisant pour se reconnaître.

Une idée folle me passa par la tête. Sans réfléchir, je finis de préciser à Alain ma tenue vestimentaire : « Sur la tête, je mettrai un tarbouche, un fez marocain. Un tarbouche de couleur rouge ! »

Avec ce tarbouche je ne risquais pas de passer inaperçu. De l'audace tout d'un coup. Un vrai sentiment de liberté, et de folie. « Je ne suis pas au Maroc, à Salé. Je m'en fous de ce qu'on dira… De toute façon je suis un inconnu dans cette ville ! »

18 heures 30. J'étais au milieu du croisement des boulevards de Barbès et de Rochechouart, à côté d'un kiosque où on pouvait acheter des journaux arabes, en face de la fameuse Caverne d'Ali Baba Tati dont la célébrité dépasse les frontières (au Maroc tout le monde connaît Tati). Le tarbouche rouge changeait mon visage, il me vieillissait et durcissait mes traits : je ne me reconnaissais pas moi-même. Les gens qui entraient et sortaient du métro me regardaient avec insistance mais sans jugement, ils avaient l'air plutôt amusé. J'étais une fantaisie, et cela me rendait heureux, un original, et cela me surprenait de moi. J'avais osé… Un acteur, un rêve que j'avais enterré il y a longtemps au Maroc dans un cimetière qui jouxte la casbah des Oudayas. J'assumais ce rôle et le ridicule qui allait avec courageusement. J'étais de nouveau un enfant déguisé pour aller au moussem.

Un homme se rapprocha de moi, me toucha l'épaule et me parla en arabe marocain.

« Il est rouge ton tarbouche ?!

– Oui, je crois bien qu'il est rouge !

– Mais est-ce le rouge-Fès ou bien le rouge-Marrakech ?

– Ni l'un ni l'autre.

– Ah ! bon ! De quel rouge s'agit-il alors ?

– C'est le rouge-Rabat.

– Mais il n'y a pas de rouge à Rabat, il n'y a que du bleu.

– C'est pourtant à Rabat que je l'ai acheté.

– Mais cela ne veut rien dire. Crois-moi, mon fils, les tarbouches, les vrais, sont fabriqués soit à Fès soit à Marrakech… Il est vrai ton tarbouche ?

– Je ne comprends pas votre question. C'est quoi un tarbouche vrai ?

– Donne-moi ton tarbouche et je te le dirai. »

Je m'exécutai sans trop me faire prier. L'homme examina le tarbouche de tous les côtés, et même de l'intérieur, puis me lança son verdict d'expert.

« Tu as dû l'acheter à quarante ou cinquante dirhams. Je me trompe ?

– Je l'ai eu à quarante-cinq.

– Il n'est pas vrai ton tarbouche. Il a été fait à Casablanca, et à la machine. Son rouge est industriel. Ce n'est pas de la bonne qualité. Un vrai tarbouche, vraiment rouge, coûte au moins cent dirhams, et il dure toute une vie. Dans un an celui que tu as sera bon à jeter dans la poubelle.

– Mais je l'aime ce tarbouche…

– Ça, c'est autre chose, moi je te parle de qualité, de valeur…

– C'est un souvenir de mon dernier voyage au Maroc.

– Les souvenirs à petits prix, ça s'oublie vite, par contre la qualité… c'est pour toujours.

– Je ne vous suis pas… et je ne vous comprends pas… Je devrais le jeter à votre avis ?

– Oui, il n'y a pas d'autre solution…

– Mais j'y tiens…

– Il y a une autre solution. Si tu es convaincu par ce que je viens de te dire, donne-le-moi, ça fera un jouet de plus pour mon petit-fils…

– Non, je suis bien désolé. Vous ne m'avez pas convaincu. Vous avez réussi à m'énerver, c'est tout. Ce tarbouche n'a coûté que quarante-cinq dirhams, c'est bien vrai, mais je préfère le garder. Il sera mon jouet à moi. Moi aussi je suis encore petit. »

Il m'avait vexé. Il avait l'âge de mon père : je n'osais pas lui parler avec violence, alors que j'en avais envie, l'insulter comme lui il m'avait insulté. Tout au long de ce dialogue il désirait m'intimider, affirmer sa supériorité, ses connaissances, s'immiscer dans mon intimité et détruire en quelques secondes les traces d'un bonheur certain. Il était sûr que j'allais le suivre dans son raisonnement. Au lieu de ça je lui pris brutalement le tarbouche des mains et le remis sur ma tête. Et pour marquer mon désaccord je lui dis, l'air sûr de moi, imperturbable : « Vous ne trouvez pas que je suis beau comme ça ? Le rouge de ce tarbouche me va bien, j'en suis sûr. » Il ne répondit pas. « Moi, je le crois. » Et je lui tournai le dos.

Il s'éloigna de moi, pour rejoindre un groupe de vieux Maghrébins, en grognant. « Ah ! les jeunes ! On ne peut plus rien leur dire, ils croient tout savoir. Ils n'en font qu'à leur tête. Dans quel monde nous vivons ! » Les autres vieux lui répondirent : « Comme tu as raison ! Comme tu as raison ! »

Ce jour-là, je pris cette décision : jamais, jamais je ne serai vieux ! Vieux comme cet homme qui n'avait rien d'autre à faire, si ce n'est détruire les rêves des autres.

Alain, français et oriental, un mélange qui saute aux yeux quand on le découvre pour la première fois, arriva à l'heure. 18 heures 45. Il me reconnut facilement. Après les salutations, je lui proposai immédiatement de fuir ce croisement de boulevards pour aller à la recherche d'un café où parler. Parler et rêver autour du Nil.

Meurtre à Fès

Il courait au milieu de la foule pieds nus, bousculant violemment les gens, déterminé, fou. Il continuait sa course malgré les vociférations et les insultes. Il poursuivait son but, sa victime. Il avait un grand couteau dans la main droite. Il était silencieux, les yeux rouges, en feu. Sa victime criait : « Au secours, au secours ! Aidez-moi ! Sauvez-moi, sauvez mon âme ! Au secours ! C'est sérieux, il va me… » Il n'eut pas le temps de finir sa phrase.

Un silence lourd, absolu, s'installa dans la médina de Fès. La fin du monde. Même le muezzin n'osait plus appeler à la prière. Tout s'immobilisa. Les gens arrêtèrent de marcher, leur bouche était ouverte, leurs yeux exorbités, toutes les possibilités, et surtout les pires, leur passaient par la tête. Ils ne voulaient pas y croire pourtant. Ils se regardaient les uns les autres, cherchant une réponse, une confirmation, un démenti. Rien ne venait. Tout le monde était perplexe, effrayé. Tout le monde sentait l'odeur de la mort envahir tout d'un coup, et avec une grande vitesse, les ruelles sombres, étroites et mystérieuses de la médina. On la respirait, on la reconnaissait, mais personne n'en voulait.

Le silence toujours, de plus en plus insupportable. Il avait pris de la consistance, il avait maintenant un bruit qui pénétrait les oreilles et dérangeait considérablement les esprits. La folie régnait. On attendait la délivrance, la fin de cette fin. Personne ne bougeait, personne n'osait faire le moindre geste. La peur était dans les cœurs. Curieusement, on n'invoquait pas Dieu, comme si tout le monde savait qu'il ne fallait pas le déranger quand sa sieste se prolongeait au-delà de la prière d'Al-Asr. L'homme était livré à lui-même, abandonné, totalement seul. Il comprenait soudain sa véritable condition sur la Terre, il ne se faisait plus d'illusions, tout allait finir, disparaître. Restait à savoir comment, de quelle manière, quand. Tout de suite, répondait une voix que tout le monde entendait. Tout de suite ? La surprise et la peur se reflétaient sur tous les visages. On posait de nouveau la question : tout de suite ?

Le silence se brisa enfin. Il n'avait pas duré très longtemps à vrai dire, une minute, peut-être un peu plus. Mais tous les Fassis l'avaient vécu comme une éternité, l'heure éternelle de l'Apocalypse, le moment où le Temps s'arrête, finit. Ils entendaient même les trompettes qui sonnaient encore, malgré la voix qui brisa le silence. Cette voix disait, puis criait : « Il l'a tué ! Il l'a tué… Il est mort, il est mort ! » Un souffle d'effroi traversa toute la foule, suivi d'un long et même murmure : « Dieu est Unique et Mohamed est son prophète ! » Le retour à Dieu était unanime, écrasant. On revenait à Lui, on se ressaisissait, on affrontait la peur courageusement et on récitait quelques prières.

La voix continuait de crier : « Il l'a tué ! Venez voir, il l'a tué ! » Quelques secondes plus tard, elle ajouta, toujours avec le même volume et sur le même ton : « Il lui a planté un couteau dans le ventre ! Oh ! Mon Dieu ! Ses intestins sont sortis de son flanc, ils sont dehors... » Elle se voulait précise comme l'est une speakerine de télévision, mais n'arrivait pas à se maîtriser, à cacher son émotion, l'horreur que lui inspirait la scène de meurtre. La foule, plus croyante que jamais, se remit à prier Dieu pour se rassurer.

Un meurtre juste à côté. Un crime à deux cents mètres à peine de l'endroit où je me trouvais.

Qui a tué qui ?

Moi aussi j'étais effrayé, et moi aussi j'appelais Dieu à mon aide.

Je venais de débarquer à Fès, en compagnie de deux amis français. Je redécouvrais cette ville sainte, magique, hors du temps, d'un autre monde. Je m'étais fixé des objectifs : aller à la mosquée d'Al-Quaraouine, visiter le tombeau du saint Moulay Driss, fils d'un autre saint, Moulay Driss Zerhoun (qui est le fondateur de la ville de Fès), acheter pour ma mère du henné de Fès, célèbre dans tout le Maroc, autant que celui de Marrakech. J'avais déjà rempli ces trois missions quand le meurtre eut lieu. C'était quelques jours avant le mois sacré du Ramadan. Fin de journée. Le muezzin allait appeler à la quatrième prière d'un moment à l'autre. Effrayé lui aussi sans doute, il oublia de le faire.

Je connaissais le meurtrier. Il m'avait bousculé dans sa course infernale. Un grand homme assez fort qui portait une barbe de trois jours. Ses vêtements étaient sales, tachés de peinture de différentes couleurs. Son visage, assez beau (une beauté traditionnelle, comme tout ce qui existe à Fès), inspirait confiance malgré toute la colère qui l'habitait. Ce n'était pas un visage de meurtrier, c'était plutôt celui d'un jouisseur, d'un homme qui fumait du kif et qui ne se disputait jamais.

De la victime, je ne connaissais que la voix, les derniers mots avant la mort, avant le voyage ultime : « Au secours… Au secours… Il va me… » La voix qui sait, qui voit la mort se jeter sur elle pour suspendre son souffle, la faire taire à jamais.

Il lui avait déchiré le ventre, ses intestins étaient sortis de son flanc pour se répandre sur la terre, le sang sortait aussi, chaud et très rouge : l'image était précise, nette, quelques mots avaient suffi pour la faire naître dans mon esprit, dans ma tête qui ne savait quoi en faire. Une image obsessionnelle.

Un couteau dans le ventre, cela suffit-il à tuer, à faire mourir ? J'avais du mal à le croire. Mais toutes les voix autour de moi étaient catégoriques : il était vraiment mort, d'un seul coup. La mort économe et à grande vitesse.

Et le meurtrier, le peintre, où était-il ? Il avait disparu. Fui ? Déjà arrêté par la police ? Je posai la question à un vendeur de babouches. Il me répondit vite, ravi de m'informer : « La police secrète l'a arrêté. » Comme je ne disais rien, il ajouta : « Je croyais qu'il n'y avait plus de police secrète au Maroc. Voilà un meurtre qui me prouve le contraire. Ils n'ont pas pu l'empêcher de tuer, mais ils l'ont tout de suite attrapé. En ce moment, il doit être déjà au commissariat de Bab Ftouh. Par contre le cadavre est encore là… Tu as vu toutes ces mouches qui arrivent tout d'un coup ? Elles adorent la chair froide… Et comme d'habitude, l'ambulance ne sera pas là avant une heure… Décidément, rien n'a changé dans ce bled… » Il m'avait donné plus d'informations que je n'espérais. Je pensais ainsi tout savoir. Avant de le quitter, une question essentielle me vint à l'esprit ; je la lui posai : « Pourquoi l'a-t-il tué ? Tu le sais sans doute… » Il mit un certain temps avant de me répondre, très déçu, très triste de ne pas avoir de réponse : « Je suis bien désolé, je ne le sais pas. Seul Dieu doit le savoir ! Et la police dans quelque temps… »

N'ayant aucune curiosité morbide, j'évitai de regarder le cadavre baignant dans le sang. Le sort du peintre me préoccupait bien plus. Je l'avais vu, il n'avait pas une tête d'assassin. J'éprouvais pour lui non pas de la pitié, mais de la tendresse. J'étais intimement convaincu qu'on l'avait poussé à agir de cette façon extrême. J'aurais aimé en savoir plus sur lui. Le revoir. Le défendre. J'étais de son côté malgré moi.

Il avait disparu. À jamais lui aussi. Il ne serait pas pendu, la peine de mort n'existe pas au Maroc. Tout en quittant la ville avec mes amis français, je pensais à son sort, à sa vie future en prison. À cette autre vie qui commençait soudain pour lui. Il ne serait pas exécuté, il ne serait pas exécuté, je me répétais ces mots heureux. J'étais soulagé, mais je ne savais pas exactement de quoi ni pourquoi.

« Il sera en vie. Je reviendrai à Fès. »

Sortir de la médina de Fès quand on ne la connaît pas bien est un vrai cauchemar. Nous demandions aux Fassis de nous guider. Ils le faisaient bien volontiers. Et à chaque fois on se retrouvait dans une impasse. On était perdus nous aussi. On redemandait de nouveau aux gens le chemin pour sortir de ce labyrinthe. En vain. Il nous fallut plus d'une heure pour arriver à une des portes de la ville, une heure à tourner, à marcher comme des aveugles. Une heure pour pouvoir enfin respirer profondément et se dire : « On est sauvés ! On n'est pas fous ! »

Le peintre m'accompagnait tout au long de cette dérive. Son histoire se répandait dans toute la ville avec une grande vitesse. L'image du couteau planté dans le ventre de la victime revenait le plus souvent dans les discussions et suscitait à chaque fois l'horreur. On disait : « Le peintre de Derb Chrabliya a poignardé son collègue. Il lui a fait sortir les intestins. » Ces deux phrases se répétaient, avec des variations bien évidemment, d'un magasin à l'autre, d'un passant à l'autre et d'une voisine à l'autre. Et plus on se rapprochait de la sortie de la médina, plus l'histoire se précisait. Je sus ainsi que le peintre avait poignardé son collègue pour une histoire de cinq dirhams que ce dernier lui réclamait depuis deux jours. Le peintre, qui était assez pauvre, le priait d'attendre la fin de la semaine. Le collègue n'avait rien voulu entendre et continuait de réclamer ses cinq dirhams toute la journée. Au bout d'un certain temps, ils en vinrent aux mains. Excédé, hors de lui, le peintre prit un grand couteau, qu'il avait toujours dans sa boîte à outils au cas où, juste pour faire peur à son collègue. Celui-ci, provocateur, changea de rengaine : « Tue-moi ! Vas-y, tue-moi, je n'ai pas peur de toi… Tue-moi si tu es vraiment un homme… Vas-y, tue-moi avec ton grand couteau… je n'ai pas peur, moi… » Le peintre le prit au mot et se lança derrière lui dans les ruelles de la médina. C'est à ce moment-là que je fis sa connaissance.

Une nuit avec Amr

Je ne connais pas Amr. Je ne l'ai jamais rencontré. Jusqu'à il y a trois jours, j'ignorais tout de son existence. Il a suffi que mon ami Alain me montre une photo de lui pour que tout de suite il entre dans ma vie, doucement comme une brise marine soufflant de l'Océan sur Rabat-Salé un soir de juillet.

Depuis le début de la semaine, je brûle. Les bouffées de chaleur qui me torturaient au Maroc et que je partageais avec ma mère M'Barka sont revenues à mon corps. De nouveau, les angoisses m'habitent jour et nuit. La peur. L'isolement. Les problèmes d'argent. Les peines de cœur. Et l'amour que je cherche et qui me fait mal à chaque fois. Je ne le sais que trop bien : l'amour est difficile, difficile, mais c'est lui que je poursuis, que je veux. Je suis peut-être masochiste.

Quand Amr est arrivé dans ma vie, mon amoureux parisien s'acharnait contre moi, contre ma façon de vivre et de voir le monde, contre ma sensibilité et mes croyances d'un autre temps. Pour lui, la logique tient plus de place, il a un esprit qui critique en permanence, qui commente tout et ne laisse rien passer. Je me sentais dépossédé de moi-même, de tout ce qui est marocain, arabe, je me sentais troublé, bousculé, violenté, je ne comprenais plus rien, doutais plus qu'il ne faut, me trouvais faible, inférieur à tout le monde. Heureusement Amr, à travers sa photo en noir et blanc, était avec moi. En pleine nuit, après une communication téléphonique houleuse avec mon amoureux durant laquelle on s'est fait mutuellement mal (n'en pouvant plus de voir tout ce qui me concerne analysé, étiqueté, j'ai attaqué, j'ai tout dit… ce qui n'allait pas en moi par rapport à lui, mon blocage, ma timidité, ma nonchalance, j'ai dit ce qui nous empêchait de bien fonctionner, mon malaise, mon égocentrisme, mon intégrisme sentimental), Amr m'a appelé, je lui ai répondu, je l'ai regardé, bien regardé.

Au Maroc, Amr aurait pour prénom Omar. J'avais besoin de le marocaniser pour mieux l'aimer en tant qu'Égyptien. Amr est Égyptien. Je ne peux donc que l'aimer. J'ai vu tellement de films et de feuilletons égyptiens. Dans l'imaginaire de tous les arabes, l'Égypte occupe une place immense, des déserts et des montagnes. Amr, dans la photo, est comme dans un film, un film qui serait réalisé par Mohamed Khan ou Youssry Nassrallah. Il regarde par une fenêtre : il me regarde. Les cheveux courts : comme moi en ce moment. Les yeux immenses, légèrement profonds et probablement noirs : un regard d'une douceur, d'une bonté troublantes, touchantes. Quelque chose de triste dans les traits, de léger également, mais il s'agit chez lui sans doute d'une légèreté intelligente : irrésistible ! J'imagine qu'on peut facilement fondre pour lui. Il est beau, beau avec chaleur sans fadeur, avec sincérité, avec la lumière de la nuit étoilée. Être avec lui, l'avoir pour soi, ne serait-ce qu'un petit moment, on devrait lui en être reconnaissant : la beauté doit être toujours bonheur, source de bonheur. Il regarde par la fenêtre en esquissant un tout petit sourire, le début d'un sourire qui, certainement, illuminera son visage, détendra ses lèvres sensuelles, et creusera davantage ses joues. Contrairement à beaucoup d'Égyptiens, Amr n'est pas gros, il est fin, la finesse même. Une finesse féminine. Il est coquet, soigneux, passant des heures devant la glace à se pomponner, à s'arranger, à vérifier tout, à mettre des crèmes, du gel, à essayer plusieurs vêtements sans réussir à se décider, il veut être le plus beau, le plus charmant, celui qu'on aimera d'emblée, de qui on essayera de se rapprocher, à qui on passera tous ses caprices, qu'on chouchoutera. Il le mérite. Ça ne se discute pas. Il est conscient de son pouvoir, de son charisme, mais il n'en abuse pas pour autant. Il donne, il se donne volontiers sans dépasser certaines limites. Quelque chose d'aristocratique.

Amr vient d'une riche famille caïrote. Celle-ci n'a pas été toujours tendre à son égard. Elle lui disait des mots qui blessent, qui empêchent de vivre, elle les lui criait chaque jour. On reprochait à Amr d'être féminin, de ne pas être comme on l'attendait, d'être différent. On n'a pas essayé de comprendre, on a condamné tout de suite. On l'insultait, le pauvre Amr, on l'humiliait.

« Mais pourquoi tu es comme ça ?

– Comme ça ! Comme ça comment… Je ne comprends pas.

– Tu n'es pas comme les autres.

– Oui, oui, il n'est pas comme les autres.

– Les autres qui ?

– Tu sais bien, les autres garçons… les autres hommes.

– Mais je ne suis pas un homme, pas encore en tout cas… Je suis encore adolescent, je n'ai que quatorze ans.

– Il faudra bien que tu changes avant que ça ne soit trop tard, tu ne peux pas continuer ainsi.

– Je ne comprend pas, je ne comprends pas, qu'est-ce que je dois changer en moi… ?

– Ne parle pas comme ça, on dirait…

– On dirait qui ?

– Tu le sais très bien.

– Non, je ne sais pas, je ne sais rien. Arrêtez de me torturer, dites ce que vous avez à me dire… Allez jusqu'au bout de vos pensées… de vos phrases… Je suis comment pour vous ?

– Tu vois comment tu parles, et ces gestes, et ces manières : les hommes, les vrais hommes ne font pas comme ça, ils se tiennent bien, ils sont virils…

– Mais qu'est-ce que vous voulez dire par « les vrais hommes » ? Ca n'existe pas les « vrais hommes », c'est une invention, on leur fait croire qu'ils sont forts, on leur dit comment se comporter, et eux ils exécutent, ils sont là pour perpétuer des règles et des traditions qui n'ont plus de sens. Les hommes croient qu'ils ont le pouvoir. Je ne veux pas être comme eux.

– Tu préfères faire la femme, c'est ça… la femme des hommes.

– Notre mère t'a trop gâté.

– Ce ne sont pas vos affaires, je suis ce que je suis. Mêlez-vous de ce qui vous regarde.

– Bien sûr qu'on s'en mêlera, c'est notre honneur que tu mets en danger, notre réputation… Tu vas changer que tu le veuilles ou non. C'est nous qui décidons. »

Amr ne changea pas. Il supporta les railleries, les insultes, les violences, deux ans encore. Il pleura. Il cria. Il se disputa avec toute sa famille. On le frappait. Il protesta : « Oui, j'aime les hommes, je les aime. »

Un jour, il partit, il laissa pour toujours les membres de sa famille dans leurs préjugés. Il ne supportait plus leur manque de respect vis-à-vis de lui. On lui rappelait en permanence qu'il était malade. Ils le renièrent. Cela lui convenait : il avait enfin droit à la paix.

Il rejoignit un groupe de garçons comme lui. Ils se comprenaient, s'aimaient, ils s'aidaient à vivre. Il y avait Samir, Salim, Sobhi, Sarim, Tamer et Essam. Une bande qui vivait en liberté loin du conformisme. Des odalisques modernes passant la majorité de leurs journées à faire les chats. Chacun d'eux avait un homme plus ou moins âgé, la quarantaine. Ils étaient entretenus et cela ne les gênait guère. « Pourquoi être gêné, se disait Amr en lui-même, il n'y a pas de raison, l'argent n'est qu'un moyen, et puisqu'il y en a beaucoup, pourquoi je vais me fatiguer à travailler comme un esclave, à faire quelque chose qui ne me plaît pas ? S'occuper de soi est déjà un travail, et ça me prend tellement de temps. Et en plus il y a mon homme… Les autres, qu'ils gardent leur avis pour eux-mêmes. Le chameau ne regarde que la bosse de son frère, jamais la sienne. »

Amr avait décidé d'être heureux, et par la même occasion rendre les autres heureux, de prendre son temps, de paresser, de rêver, de vivre le rêve. Il rêve de devenir comédien.

En pleine nuit, il me confia ce secret. En échange, je lui ai offert le mien : « Depuis tout petit, mon rêve le plus cher, c'est de devenir réalisateur de cinéma. La vie m'a empêché de le concrétiser. Mais j'y travaille toujours. C'est mon secret, ne le dit à personne. Un jour, je serai metteur en scène et c'est toi que j'engagerai comme acteur principal, tu seras mon Mohsine Mohiéddine. C'est un secret, ne le répète à personne… pas même à ton homme. »

Cette nuit-là, je n'ai cédé au sommeil qu'à l'aube. Les oiseaux commençaient à s'agiter, à se préparer à chanter. Je me suis endormi et Amr a veillé sur moi. Il m'a même fait visiter sa ville Le Caire, ses quartiers, Zamalek, Mounira, Dokki, Garden city, El-Halmiya, ses saints, Sidna El-Housine, Sayéda Zeineb, ses ponts, et bien sûr son fleuve : le Nil.

Le lendemain, je me suis réveillé très tard. J'ai fait le chat pendant une demi-heure. Amr, frêle et frais, était toujours à sa fenêtre, arborant toujours sa jolie chemise noire à manches courtes et son début de sourire énigmatique.

Premier souvenir

C'est une image, une seule, toujours la même, autour de laquelle j'ai construit au fil des années tout un rituel, une véritable cérémonie qui se reproduit d'elle-même de temps en temps. Un film muet, mais en couleurs. Moi, au tout début.

« Quel est ton premier souvenir ?

– Les yeux bleus de ma mère ! »

Cela se passait dans le dernier métro de la ligne 4 (direction Porte de Clignancourt). La journée avait été particulièrement ensoleillée et les Parisiens étaient redevenus, pour quelques heures, humains, souriants, chaleureux. Un monsieur d'une soixantaine d'années, très grand, les cheveux blonds, les yeux vert olive, sans doute d'origine espagnole (son français portait l'empreinte de sa langue maternelle) et d'une élégance certaine, étudiée sûrement, avait posé la question en hésitant un peu, comme s'il avait peur de commettre une maladresse, de faire un mauvais pas. La réponse de l'autre homme (brun, mince, grand lui aussi, portant des lunettes à la monture bleue et habillé entièrement en noir : malgré son âge, la soixantaine, il avait conservé l'allure de l'adolescent timide, torturé et fragile qu'il avait été) fut immédiate, instantanée, du tac au tac. On aurait pu croire que cette réponse était réfléchie, mûre depuis longtemps, mais la façon dont elle avait été dite prouvait le contraire. Elle avait l'air d'une révélation. Les yeux bleus de sa mère l'avaient suivi toute sa vie sans qu'il ne s'en rende compte, ils l'avaient protégé, nourri, aimé dans le noir mystérieux et absolu de l'inconscience.

C'est cela qui m'avait ému, troublé en entendant sa voix faible qui traînait lentement les mots dire cette phrase courte, tout d'un coup évidente, en guise de réponse : « Les yeux bleus de ma mère ! »

Les deux hommes, au-dessus de qui il y avait un nuage de timidité, celle qui naît de la rencontre de deux corps qui s'attirent, qui désirent s'aimer, jouer, se débattre, jouir, mais n'osent pas se l'avouer, faire le premier pas (au moment de se quitter, de se dire adieu, l'un d'eux le fera, ce premier pas, il sera fou, et l'autre le suivra dans sa délicieuse folie ; leur chemin, pour cette nuit au moins, sera le même), descendirent à la station Strasbourg-Saint-Denis. La mienne était encore loin : Marcadet-Poissonnier (Château d'eau, Gare de l'Est, Gare du Nord, Barbès-Rochechouart et Château-Rouge nous séparaient, m'éloignaient d'eux). J'aurais aimé pourtant rester encore en face d'eux, les regarder davantage pour connaître un peu plus de leur histoire, descendre à la même station qu'eux, les suivre de loin, les accompagner jusqu'à la porte de leur immeuble, être fou comme eux. Savoir. Savoir ce qu'ils allaient faire, devenir, leurs gestes d'amour, leur danse nocturne et sous quelle lumière. J'aurais aimé habiter en face de chez eux et faire le voyeur, les voir vivre… J'aurais aimé… plusieurs choses… Mais il était bientôt une heure du matin et j'étais dans le dernier métro. Je restai assis dans mon siège et je les regardai s'éloigner, puis pousser la porte de la sortie vers la nuit de Paris.

La voiture où je me trouvais était presque vide, il n'y avait que deux SDF qui dormaient profondément et moi. J'étais presque seul sous la terre. Les deux hommes partis, je ne pouvais continuer ma rêverie nocturne. Les fils s'étaient cassés : je ne reconnaissais plus rien. L'histoire que je construisais dans mon esprit me filait d'entre les mains, mourait petit à petit, et je n'avais aucun moyen de la retenir, de la récupérer. Une immense tristesse m'envahit alors. J'étais triste de solitude et triste de pauvreté.

Mon petit studio de 14 m², rue de Clignancourt, m'accueillit froidement. Je n'avais pas rangé mes affaires qui traînaient par terre depuis deux semaines au moins. Je me laissais aller à une paresse terrible, due en réalité au petit boulot très fatigant que je faisais à cette période-là : surveillant dans l'exposition des diamants (le commissaire, qui portait un joli prénom, Hubert, m'avait pris en affection ; de temps à autre il m'apportait des chocolats, des biscuits, et me faisait la conversation ; je ne savais pas comment le remercier, je souriais alors, et cela semblait lui faire plaisir). J'enlevai mes habits dans le noir et ne gardai sur moi qu'un tee-shirt et un slip. Je me mis aussitôt au lit, sous ma couverture fleurie, comme celles du Maroc, achetée au Tati de Barbès. Je me relevai une minute plus tard pour boire trois grands verres d'eau. Je me remis dans mon lit encore froid. Je fermai les yeux. Et là, alors que je n'y pensais plus depuis longtemps, mon premier souvenir à moi surgit dans la boîte de mes rêves. Des images lointaines revenaient, se précipitaient devant mes yeux sans cohérence. Toute la nuit, il ne fut question que de cela, de ce rêve de la naissance, de la première prise de conscience de mon corps.

Je devais avoir trois ou quatre ans. Je n'étais pas encore circoncis. Je tenais je ne sais pourquoi un lourd mortier en bronze. Image suivante : le mortier qui lentement, comme dans un ralenti cinématographique, tombait sur mon pied droit. Nulle douleur. Du sang rouge vif sortait d'une blessure en forme de croissant juste à côté du gros orteil. Une envie irrésistible naissait en moi : pencher ma tête vers mon pied et lécher mon sang, le goûter, le boire. L'ai-je fait ? Aucun souvenir. Peut-être ! J'espère l'avoir fait, j'imagine toujours que je l'ai fait. Le sang continuait de couler, je ne pouvais plus marcher. Je commençais à pleurer. Et je m'évanouis, je tombai littéralement par terre.

Les images se bousculaient dans ma tête, elles se faisaient la course, elles se suivaient et s'enchevêtraient les unes dans les autres et finissaient par disparaître.

Dans le grand lit de ma mère, des femmes connues et inconnues autour de moi. Elles me regardaient en souriant et voulaient toutes me toucher, comme si j'avais été un saint, un mabrouke. Je les laissais faire. Elles priaient aussi. Au milieu d'elles, je cherchais ma mère : elle n'était pas là, elle avait accompagné mon père au bled. Je ne souriais pas. Je cherchais toujours ma mère, je cherchais mes sœurs qui avaient elles aussi disparu. J'avais de la fièvre. Celle qui m'accompagne depuis toujours.

Toutes ces images, dans ma tête, n'en faisaient qu'une au bout d'un certain temps, à la fin sans doute. Elles s'interpénètrent pour se fondre et se résumer d'elles-mêmes en une seule couleur : le rouge. Mon sang au bout de mon pied. Et c'est tout.

Comme je ne travaillais pas le lendemain, je n'avais pas mis le réveil. Quand j'émergeai du sommeil il faisait déjà noir, déjà nuit. Curieusement, je n'avais ni faim ni soif. J'allumai la lumière et restai un long moment à méditer sur la signification de ce rêve… qui n'en était pas un.

Je suis folle

Je ne comprenais pas toujours ce qu'elles me confiaient. Je n'avais que très rarement des réponses à leurs interrogations, des solutions à leur proposer. Je n'avais qu'une oreille qui savait écouter, qui se délectait de tous les récits amoureux. Je savais être une bonne copine qui ne jugeait pas, qui n'était jamais jalouse, une copine disponible et discrète, une copine-garçon pleine de sensibilité et qui ne demandait qu'une chose : des histoires, et les détails de ces histoires.

Saâdia, Siham, Asmaâ, Hanane, Mouna, Houda, Loubna, Badiaâ, Hassnae, Salma. La liste est bien longue. Pour chacune d'elles, j'étais le confident idéal.

Pour Nawal aussi. Elle était un cas à part. Je ne l'ai connue que très peu de temps avant sa disparition. On m'avait dit qu'elle était amoureuse d'Abdelkader, un étudiant qui préparait sa thèse dans notre département de littérature française. Il était originaire du même bled que moi, Tadla. C'était là le seul point commun entre nous. Après avoir profité de Nawal comme il le voulait, il l'avait jetée comme une chienne. Pire : il ne lui disait même plus bonjour quand il lui arrivait de la croiser dans les couloirs de la faculté. Il l'ignorait superbement et l'humiliait quotidiennement par son mépris. Tout cela pour ne pas offenser sa nouvelle conquête : une fausse blonde sans goût, sans charme, mais qui avait de grosses fesses.

Au lieu de s'éloigner, au lieu de l'oublier, Nawal était encore plus amoureuse d'Abdelkader. Bien plus : elle était malade de lui.

L'amour est un mystère, c'est bien connu, même pour ceux qui l'ont vu et vécu. Que lui trouvait-elle de charmant, à cet Abdelkader ? Qu'est-ce qui lui plaisait dans ce garçon trop grand et trop maigre, dont le corps était comme une échelle cassée ? Son air de pseudo intellectuel toujours sérieux ? Comment a-t-elle pu tomber amoureuse d'un type pareil, si imbu de sa propre personne, si exaspérant ? L'amour est un mystère : dans le cas de Nawal, il était une énigme absolue, et pas que pour moi.

Naturellement, j'étais de son côté à elle, sans le lui dire. Tout le monde connaissait son histoire malheureuse avec Abdelkader. Elle ne s'en cachait pas, elle laissait voir sa souffrance. Elle l'aimait à la folie. Tout ce qu'il était lui manquait, sa peau, son corps, son odeur, son sexe en érection, la sensation d'être dans un autre monde quand il entrait en elle, quand il prenait son petit corps dans ses bras. Alors que je l'imaginais comme un piètre amoureux, Nawal répétait à qui voulait l'entendre que c'était l'inverse. Il était merveilleux, grand et merveilleux, disait-elle. Personne ne comprenait. Je ne comprenais pas. Je ne pouvais pas comprendre objectivement les raisons de cet amour si grand, de cette passion si dévorante, à sens unique de surcroît.

Par contre, bizarrement, j'avais envie de souffrir avec elle, sans y arriver. Je la regardais, je l'observais : elle était toujours ailleurs, avec lui, dans ses bras sans aucun doute, dans le passé et les souvenirs, hélas ! pour elle. C'était tout ce qu'il lui restait. Elle vivait dans un autre monde que je désirais connaître un peu plus, et pas forcément pour comprendre. Je me rapprochai d'elle. Elle le sentit. Elle me laissa venir à elle. Elle me garda. Elle me parla. Elle était sur le point de tout laisser tomber pour lui. Elle agonisait à petit feu, disait-elle, elle était en train de finir, de partir. Vivre loin de lui, sans lui, sans son corps qui la recouvrait tout entière, qui donnait un sens à ses jours et à ses nuits était devenu impossible, insurmontable. Elle l'avait dans la peau, tatoué, dessiné, peint, calligraphié, il coulait dans ses veines, il l'aidait à respirer… Elle mourait. Elle allait mourir.

Je ne disais presque rien. Elle savait que je n'avais pas de solution. Au milieu de ses phrases sans fin, au milieu de ses fragments, je glissais parfois un mot ou deux pour lui signifier que je la comprenais, que je partageais un petit peu avec elle ses tourments. Elle ne vivait que pour l'amour. Sa vie, depuis qu'Abdelkader était parti, n'avait plus de sens, plus de raison d'être. Elle vivait dans le noir absolu.

Malgré le désespoir qui l'habitait, elle eut le courage d'aller de nouveau vers lui, elle se jeta à ses pieds, le supplia de la reprendre. Elle le fit avec courage. « Tu finiras par m'oublier. » C'est ce qu'il lui avait répondu. Et il partit rejoindre sa fausse blonde. Elle réitéra ses tentatives, elle n'avait plus peur du ridicule, des qu'en-dira-t-on et des ragots. Abdelkader continua d'être lâche, sans cœur, impitoyable. Il avait sans doute ses raisons de la quitter, mais je ne voulais pas les savoir : j'étais du côté de Nawal, avec Nawal, dans l'amour vu par Nawal.

Une fois, j'osai lui dire ce que je pensais d'Abdelkader, tout le mépris que j'avais pour lui et le dégoût qu'il m'inspirait. Sa réponse fut immédiate, brutale, cinglante.

« Arrête ! Arrête tout de suite ! Et ne dis plus jamais du mal de lui ! Tu m'as comprise ?

– Malgré tout ce qu'il t'a fait ?

– Oui, malgré tout le mal qu'il m'a fait !

– Moi, je ne suis pas amoureux de lui, je peux dire que je le méprise, je peux même l'insulter…

– Non, tu n'as pas le droit. Moi seule, et uniquement moi, pourrais le faire. Pas toi. Jamais toi. C'est bien compris ?

– Oui, oui, j'ai compris. Calme-toi ! Tu es comme une folle de Sidi Rahal.

– OUI, JE SUIS FOLLE ! »

Elle dit cette dernière phrase en l'accompagnant d'un cri animal qui sortait de ses entrailles, le cri d'une autre Nawal, pas celle que je connaissais. Nous étions dans un jardin public non loin de la faculté, rempli de femmes mariées en djellabas fuyant les maisons étouffantes de leur mari. Elles nous regardèrent toutes, surprises, pas méchamment, compréhensives, habituées à ce genre de cri. L'une d'elles, voilée, se rapprocha de nous et sans dire un seul mot, elle prit Nawal dans ses bras. Celle-ci se mit tout de suite à pleurer. Elle pleura longtemps sa folie amoureuse, la tête sur la poitrine généreuse de la femme inconnue.

Je l'avais lu quelque part, et je le partageais entièrement avec l'auteur : on peut toujours faire confiance aux étrangers. Avec eux, on est plus libre, plus léger. Et toujours possédé.

Oum Zahra va au cinéma

Elle est toujours en vie, Oum Zahra.

Elle vit à côté de chez nous, au quartier de l'Océan. Sa maison est de plus en plus sombre. Tout ce qu'elle possède est dans sa chambre à coucher : une armoire vieille où elle cache « ses trésors », une petite télé en couleurs, et des photos presque toutes en noir et blanc accrochées au mur. C'est tout ce qu'elle a, c'est tout ce qui lui reste.

Elle passe ses journées seule avec son chat. Elle lui a donné un drôle de prénom : Michmiche.

Jeune, elle a travaillé chez les chrétiens. Elle répète assez souvent qu'elle avait été très heureuse avec eux. Ils la respectaient, la payaient bien et l'emmenaient même des fois en vacances à Marrakech. Ils lui ont appris la dignité, le sens de la liberté et de l'indépendance. Ils n'avaient pas d'enfants : ils se consacraient l'un à l'autre, s'aimaient vraiment. Oum Zahra les regardait avec tendresse, et parle d'eux avec la même tendresse, dans la voix, dans le regard.

Elle n'a jamais voulu se marier, même quand ses chrétiens sont repartis en France. Pourquoi d'ailleurs, disait-elle parfois, pour être l'objet d'un homme qui se croit Dieu sur terre, la bonne et la prostituée de Monsieur, l'esclave enfermée dans le noir d'un geôlier qui se sent investi d'une mission divine : la protection des valeurs et des traditions ? Non, non, elle n'a jamais voulu de cette prison, de cette sacro-sainte institution, elle la laisse aux autres femmes qui l'acceptent avec résignation.

Les hommes, elle les a toujours invités dans son lit. Ils se donnaient à elle bien volontiers, ils ne restaient jamais longtemps, ils s'aimaient en elle et ils partaient, heureux, légers, inconscients de la réalité du monde pour quelques heures. Elle disait « mes hommes ». Ils répondaient « chère Maîtresse ». Elle disait « quand et où ». Ils répondaient « quand tu veux où tu veux ».

Aujourd'hui pourtant, ces hommes ne viennent plus vers elle, ils l'ont oubliée, ils sont morts ou mariés avec des mégères sorcières. Le Temps de l'Amour est passé ? Il ne reviendra plus ? Pas si sûr. Elle a plus de soixante-dix ans peut-être. Mais l'année dernière elle est sortie avec un garçon âgé seulement de trente ans. Les gens la prenaient pour sa mère, parfois même pour sa grand-mère. Dans le quartier, c'était le scandale. Elle laissait dire les autres, elle faisait ce qu'elle voulait, elle suivait son cœur et sa vérité. Le garçon semblait l'aimer vraiment. Sûrement il l'aimait. Mais, lui aussi, à présent, il ne revient plus. Oum Zahra ne le pleure pas. Elle l'a remplacé par les soldats de la caserne militaire à qui elle loue les autres pièces de sa maison. Ils sont beaux ces militaires. Parfois, ils ne payent pas le loyer, elle ne leur en veut pas, elle les garde auprès d'elle. « Ils n'ont nulle part où aller. Ils me tiennent compagnie. Je les vois, je les entends et je les sens vivre à côté de moi. Et pour cela, je leur en sais gré. Ils réchauffent ma maison, et ça, ça n'a pas de prix. »

Ce sont les chrétiens qui lui ont appris à boire et à fumer. Elle continue toujours de le faire. Elle fume beaucoup, que du tabac noir, une marque bon marché, Casa Sport. Mais celle qu'elle préfère pardessus tout, c'est Troupe, une marque distribuée uniquement dans les casernes militaires. Chaque samedi soir, il lui faut son litre de vin rouge. C'est moi qui le lui achète parfois. Elle me dit : « Mon petit Aziz, cette nuit je ne pourrai pas dormir tranquille encore une fois. Tu sais ce qu'il me faut. C'est tout ce qui me reste. Tu veux bien aller me le chercher ? » Elle le boit toute seule, toute la nuit, tout en fumant des cigarettes et en écoutant de la musique, des vieilles chansons françaises, Damia, Édith Piaf, Maurice Chevalier, etc. Tout le monde dans le quartier est au courant de ces soirées auxquelles participent volontiers ses soldats, cela ne choque plus personne. Certains la trouvent indigne, folle, mais quand il leur arrive de la croiser ils ne peuvent s'empêcher d'être gentils avec elle. À cause de son âge je crois : on ne manque pas de respect à une personne âgée. Son chat Michmich fait l'admiration de toutes les voisines (lui aussi il boit du vin rouge), Oum Zahra dit qu'il ne pisse pas n'importe où, il va aux toilettes lui aussi, tout seul, comme une grande personne.

Aujourd'hui, elle est de plus en plus malade, elle souffre d'une pneumonie qui s'est compliquée avec le temps, car elle ne veut pas arrêter de fumer.

Le soir, elle reste longtemps à regarder la télévision, elle adore les films américains et déteste les feuilletons égyptiens qu'elle trouve insipides. De temps en temps, elle se fait belle et va au cinéma Al-Hamra. Le public de cette salle, exclusivement masculin, s'est habitué avec le temps aux apparitions d'Oum Zahra, on ne la dérange pas, on lui offre des cigarettes et on lui demande même parfois du feu. Elle a sa place dans le dixième rang. Elle lève sa tête vers l'écran et avant même le début du film, elle commence à pleurer en silence, des larmes, des larmes ininterrompues. Elle ne vient au cinéma que quand il y a des films de guerre : c'est son genre préféré. Ils lui rappellent son fils qu'elle a eu il y a très longtemps avec un Anglais et qui est mort dans la guerre d'Indochine. Les films de guerre lui permettent de le revoir vivre, puis mourir, courir, puis tomber, s'éclairer de l'intérieur, puis s'éteindre, rire, puis souffrir pour finir par s'en aller définitivement… loin d'elle, à côté des Chinois au ciel.

Najiya

Je me demande pourquoi ma mère a choisi ce prénom pour moi : Najiya. En arabe il signifie quelque chose comme « celle qui sauve les autres ». Mais c'est bien sûr faux : je n'ai sauvé personne, et personne ne m'a sauvée. Dans la famille, c'est la pauvreté absolue, tous les jours, à tous les moments, sur tous les plans. Chez nous, c'est chacun pour soi.

Je suis au lycée. Je n'ai jamais redoublé, même si les études ne m'intéressent pas vraiment. Au bout de cette année : le baccalauréat ! L'avenir, paraît-il, m'appartient. Les professeurs ne se lassent pas de nous le répéter. Je ne crois pas à ces promesses faciles. Les portes de ma vie sont fermées depuis longtemps déjà. Pas d'avenir pour les gens comme moi.

Je suis une fille : ça aussi on n'arrête pas de me le rappeler. Vingt ans. Je fais plus. Je fais femme. Je suis une femme. Je fume. Je bois. Je danse. Je baise. Je me vends. Et je chante.

Mes cheveux sont crépus comme ceux des nègres. Mes amants aiment ça : ils adorent me les tirer, jouer violemment avec mes boucles. J'apprécie de plus en plus d'avoir mal. J'en redemande à chaque fois. L'idéal serait que j'arrive à oublier complètement ces cheveux qui ne me plaisent pas du tout et que je ne coiffe jamais. On dirait que j'ai un panier sur la tête, ma mère a raison. Toutes les filles de ma classe ont les cheveux lisses : je les déteste, je les hais. Les garçons, ils sont pareils qu'elles, imbuvables. Sauf un peut-être qui a presque le même type de cheveux que moi : Slimane. Le pauvre, les siens, c'est pire, ils débordent de partout. C'est le seul point commun entre lui et moi. Il est d'un autre monde : il ne ressemble pas aux autres garçons, il est doux, un peu triste parfois. Il a quelque chose de féminin dans le regard, dans les gestes (il n'arrête pas de bouger ses mains, ses bras), dans la démarche (il sautille en permanence), dans la voix (parfois, c'est comme s'il imitait sa mère). Il m'intrigue. Je l'observe depuis longtemps. Et j'oublie ma détresse.

Je me perds jour après jour dans le sexe sans amour. Ma mère ne me dit rien, mon père, qui la trompe avec certaines voisines (je le soupçonne même d'avoir une autre femme au bled et même d'autres enfants), non plus. Ils sont tout le temps silencieux : ils ne se disputent jamais. Je vais avec tous les hommes qui me draguent, qu'ils soient beaux ou pas, qu'ils me plaisent ou non. Ce que j'espère à chaque fois : qu'ils aient un gros sexe (je ne leur demande rien de plus). La plupart du temps, on baise dans les coins sombres des ruelles et des impasses, parfois dans leur voiture. Le plus souvent, ils me prennent par devant : je vois bien leur visage, tous des frustrés. Je ne les aime pas. Mais je vais avec eux quand même. Ils se soulagent dans mon corps, muets, fragiles, faibles. Ils ne pensent qu'à eux bien sûr, à leur plaisir. Je ne suis qu'un trou, ma mère l'a bien dit à ma sœur Samira, prostituée à Tiflet (c'est elle qui nous permet de manger). L'orgasme : connais pas ! Juste un petit plaisir quand ces hommes jettent sur moi leur sperme chaud. Il paraît que c'est le sort de toutes les Marocaines – j'ai lu ça dans un livre français. Elle sont au service des hommes, mais en apparence seulement. Si elles ouvrent si facilement leurs jambes, c'est qu'elles savent qu'elles seront bien payées d'une façon ou d'une autre. Des bracelets, des bagues, des boucles d'oreilles, des broches, des ceintures, etc., et le tout en or bien sûr. Les femmes marocaines adorent l'or, elles gardent leurs bijoux sur elles même dans le hammam, elles sont fières de ce que les hommes leur offrent. Moi, je n'ai qu'une petite bague en or. C'est mon grand frère El-Hadi qui me l'a donnée, il y a bien longtemps… il y a six ans exactement.

El-Hadi… on ne le voit plus aujourd'hui, une femme vipère d'Agadir, Lamia, a mis la main sur lui, elle lui a fait tout oublier, sa famille, ses amis, moi sa sœur préférée. Il ne travaille que pour satisfaire les caprices de cette femme (il est mécanicien dans une caserne militaire, il gagne bien sa vie). Ma mère dit que Lamia lui jette des sorts, tout le monde sait que les sorciers du Sousse sont très forts et, pire, sans cœur. El-Hadi est perdu à jamais. Ma mère ne parle plus de lui. Il a choisi une autre vie : c'est ce que dit mon père qui, lui, n'a jamais cru au pouvoir de nos sorciers. Moi non plus je ne parle plus de ce cher frère, j'ai vécu son départ comme une trahison, la fin de l'espoir, le début de l'enfer. Il est loin. Je peux faire ce que je veux, on ne me fera pas de reproches. Mais ce n'est pas de la liberté, ça, tout le monde s'en fout de ce que je suis, de ce qui m'arrive… La liberté ! Vraiment ?

Hier, Saïd, le meilleur ami d'El-Hadi avant son départ, m'attendait à la sortie du lycée. J'ai tout de suite compris ce qu'il voulait. Slimane était avec moi, il n'a rien compris, le pauvre, à ce qui se passait, j'ai arrêté la conversation d'un bref et sec « À demain ! », et je me suis dirigée vers Saïd. « Bonjour ! – Bonjour ! – Je passais par hasard à côté de ton lycée… » Je ne l'ai pas laissé terminer sa phrase : « Ta femme est au bled, c'est ça ? » Il répondit vite en baissant les yeux : « Oui, c'est ça. » On est alors partis chez lui et on a fait l'amour. Il ne m'a pas baisée, on a fait l'amour. Assez longtemps. Quand je le regardais dans les yeux, quand je passais ma main dans ses cheveux courts et bien coupés, ce n'était pas lui que je voyais, que je touchais, que j'aimais, c'était El-Hadi que je sentais, que je reconnaissais de tout mon corps, à travers ma peau, à travers mes sens. El-Hadi, une blessure qui a déjà trois ans. Saïd, lui, je le croise presque chaque semaine depuis quelques mois, depuis qu'il s'est installé avec sa nouvelle femme (une campagnarde de dix-sept ans, une ignorante bien sûr). Il rôde autour du lycée. Je vais avec lui sans réfléchir. Je me suis habitué à lui, à voir quelqu'un d'autre à travers lui. Il me calme, me rassure. Sans le vouloir, sans le savoir, il me fait du bien pour un petit moment volé à ce monde, volé à sa femme dont j'envie parfois la naïveté, l'innocence (elle ne se pose pas de questions, elle ne sait pas, elle est tranquille, sans autre ambition que de satisfaire son mari, le servir).

Dans un mois, les épreuves du baccalauréat. Il faut travailler, réviser, apprendre par cœur. Bien évidemment, je n'ai encore rien préparé. Slimane, lui, a déjà commencé. Il veut réussir, il croit encore. Il n'est pas brillant, il sait qu'il lui faut travailler plus que les autres, et il est prêt à le faire, prêt à se sacrifier pour quelque chose d'incertain. Il croit, il parle souvent de son étoile, celle que sa tante lui a donnée avant de mourir. Chaque jour il me propose qu'on prépare les épreuves ensemble. Chaque jour je lui réponds « non ». Pourquoi ce « non » d'ailleurs ? Pourquoi je ne suis pas comme Slimane ? Où est mon étoile ? Je connais la réponse. Mais je n'en veux plus de cette vie et de sa terrible vérité. Slimane est tellement loin de moi, loin de ma misère, loin de ma déchéance. Il ne sait pas qui je suis vraiment. Peut-être que je me trompe. Il doit deviner un petit peu, supposer… Peut-être qu'il souhaite justement en savoir plus sur moi, m'écouter parler. Raconter ma vie. Oserai-je le faire ? Oserai-je mettre des mots sur ce que je suis devant lui ?

Ce matin encore, il m'a fait la même proposition. Je lui ai dit que je lui répondrai plus tard, au moment de la récréation. Il vient toujours vers moi, naturellement, presque comme un enfant avec sa mère. Moi, une mère ? Slimane, mon fils ?

Lui dire « oui », c'est courir le risque de le pervertir, c'est lui ouvrir les yeux sur un monde inconnu de lui, sur une vérité crue. C'est ce qu'il désire secrètement ?

Le voilà qui arrive. Il me sourit comme d'habitude. Il ne sait pas que Saïd m'attendra tout à l'heure à la sortie. Il continue d'avancer. Je dois lui donner une réponse. Laquelle ?

La femme en blanc

Elle habitait en face du collège où il donnait des cours d'art plastique. Il avait pris l'habitude, quand il arrivait au collège, de jeter un coup d'œil à sa fenêtre, puis à sa porte, espérant la voir de nouveau, l'entrevoir ne serait-ce que quelques secondes, admirer sa silhouette, imaginer ce qu'elle cachait derrière ce drap blanc qui la couvrait de la tête aux pieds, le haïk. Ses vœux étaient rarement exaucés, la femme en blanc ne sortait pour ainsi dire jamais de chez elle. Par contre, des signes de sa vie à l'intérieur de la maison lui étaient donnés comme un cadeau, comme un privilège : des vêtements qui séchaient sur la terrasse, des odeurs de cuisine, des chants berbères mélodieux dont il avait l'intime conviction qu'ils sortaient de sa bouche à elle, de sa gorge… Il persistait dans l'espoir. La femme en blanc était toujours en vie, elle chantait parfois malgré la situation du pays occupé, « protégé », par les Français depuis quarante ans déjà.

Au collège il était le seul professeur étranger. Au début, la première année surtout, tous ses collègues se méfiaient de lui et l'assimilaient aux autres colons. On lui posait souvent cette question : « Que faites-vous chez nous ? ». Il ne savait que répondre, jusqu'au jour où ces mots sortirent de sa bouche naturellement, spontanément : « Pour vous aimer. Je suis ici pour vous aimer. »

Son contrat de deux ans se terminait dans six mois. Il avait rencontré la femme en blanc un mois seulement auparavant dans le souk aux légumes. Et depuis il en était obsédé, hanté. Il ne pensait qu'à elle, qu'au moyen de la revoir, d'être un petit moment avec elle, seul avec elle, et lui demander gentiment, courtoisement : « Pourrais-je vous dessiner ? vous peindre ? faire de vous un tableau ? N'ayez pas peur, vous n'auriez pas à enlever votre haïk. Je veux vous peindre dans votre haïk, saisir votre corps et votre âme dans ce haïk blanc… »

Bien sûr les femmes en haïk ne manquaient pas dans ce pays. Elles lui paraissaient toutes pareilles, au début du moins. Plus maintenant. À force de les observer, il avait réussi à décoder les signes cachés, à deviner le mystère, à traverser la frontière blanche et entrer dans ces femmes voilées. Chacune d'elles avait sa façon de porter le haïk, de l'entourer autour de son corps, autour des fesses, des hanches, des bras et de la tête. Seuls les yeux restaient visibles. Les yeux noirs. Tout le reste n'était que mouvement, action, couleur, traits, peinture. Il voulait toutes les avoir dans sa peinture. Il avait essayé plusieurs fois : les résultats étaient satisfaisants, mais rien d'extraordinaire, de miraculeux. Il attendait depuis longtemps LE moment où la peinture lui permettrait enfin de saisir parfaitement et spirituellement ce mouvement ininterrompu et fascinant de la femme en blanc qui se déplace, qui va au souk préservée de tout mais réfléchissant divinement la lumière. La femme en blanc envoûtante, peinture au soleil. Le moment tarda à se présenter. Jusqu'à ce jour où il était allé faire un tour dans le souk aux légumes : la femme en blanc unique et peinture lui apparut. Il la suivit jusqu'à sa maison juste en face de son collège.

Elle ressemblait à toutes les autres à première vue. Mais quand on la regardait attentivement, quand on se donnait le temps de ne se consacrer qu'à elle, on se rendait compte tout de suite de ce qui la distinguait des autres : son arrière-train énorme, ses fesses charnues, rondes, folles, qui se laissaient voir au-delà de leur voile. Le professeur peintre avait l'impression que ces fesses résumaient à elles seules, et parfaitement, cette femme : elles lui imposaient un rythme particulier, lent et d'un autre temps, quand elle marchait ; elles lui attiraient tous les regards des hommes en djellaba ; elles dessinaient sur son haïk un mouvement inédit, des traits larges, amples, et lui donnaient un souffle. Cette femme était un véritable océan. Elle débordait. Elle suscitait à la fois le désir et le respect, l'amour et l'adoration.

Le peintre en était fou. Il ne savait comment l'aborder, comment entrer en communication avec elle et lui dire son désir, son projet. Il lui choisit un prénom, Keltoum, comme la célèbre Oum Keltoum, autre femme généreuse et débordante, qu'il venait de découvrir et qui l'enchantait par sa voix à chaque fois qu'il l'écoutait.

Chaque matin, chaque midi, il espérait un miracle. Un entrebâillement, une petite fenêtre. Il priait presque comme les musulmans, dans un arabe approximatif, il priait son Dieu à elle, Allah. Il était même prêt à se convertir à l'islam si cela était nécessaire. Il était prêt à tout pour elle… pour la peinture.

Six mois avant le retour en métropole. Loin de Keltoum, sans une trace de Keltoum, sans sa blancheur, ses mouvements, son opulence, sa générosité. Plus que six mois. Cet ultimatum le mettait en fureur, en rage, car il savait parfaitement qu'il avait besoin qu'elle pose pour lui, même cachée, qu'elle lui donne un peu de son temps, de sa lumière. Il était incapable de peindre vraiment de mémoire. La peinture ne pouvait naître de ses doigts que dans un contact intime avec le modèle, tous les deux dans un lieu clos, loin de tout, hors du monde. Il ne savait que trop bien ce qui le séparait d'elle, ce qui les éloignait l'un de l'autre. Il devait rester respectueux devant les traditions de ces gens, ne pas les brusquer, essayer de les comprendre. Mais cela voulait dire aussi s'éloigner de la peinture, de cette peinture qui l'obsédait, qui le rendait fou.

Un jour, trois mois avant le retour en France, en fin de matinée, comme il sortait du collège, il décida de tenter l'impossible : aller frapper à la porte de Keltoum. Qu'allait-il lui dire exactement ? Il ne le savait pas. Il était pourtant décidé, saisi d'un courage sincère, hors de lui, tremblant, ému, presque en larmes. Il se dirigea vers la maison. La porte s'ouvrit sans qu'il ait besoin de frapper. Il était à vingt mètres de Keltoum qui sortait de chez elle avec une petite fille, sans doute la sienne. Elles étaient toutes les deux habillées de la même façon : le haïk blanc et obligatoire enveloppait leur corps. Deux silhouettes pareilles, l'une petite, l'autre grande, la petite pouvant facilement se fondre dans l'ombre de la grande. Le professeur peintre n'arrivait pas à croire à ce miracle. Il demeura quelques instants interdit, immobile, le cœur battant très vite et en même temps ravi. Keltoum ferma la porte de sa maison à clé, mit sa main droite dans la main gauche de sa fille et se dirigea vers le souk. Le professeur peintre les suivit aussitôt, en laissant une distance suffisante entre elles et lui afin de pouvoir les observer. Keltoum se dandinait en marchant, son derrière était toujours aussi imposant, il forçait l'admiration et provoquait la jubilation chez les autres. Le professeur était aux anges. Il allait enfin lui parler, lui faire sa proposition, regarder de très près la couleur de ses yeux : son tableau avançait, les nuances des couleurs se précisaient, les mouvements aussi, la scène avait surgi du noir : la blanche et sa fille ! Il faillit tomber par terre, s'évanouir, la révélation était plus forte qu'il ne l'avait prévu, inattendue surtout. Il se ressaisit, accéléra le pas pour rattraper Keltoum et sa fille qui empruntaient à présent une ruelle bleue déserte et dominée par l'ombre. Il voulut même courir. Au lieu de cela, il s'arrêta de marcher, de respirer.

Un pied-noir avait arrêté Keltoum et sa fille. Il leur parlait à haute voix, très en colère. Keltoum avait visiblement peur, cela se lisait sur son haïk. Elle baissa la tête, sa fille aussi. Le pied-noir lui demanda en arabe où était caché « son terroriste de mari » que la police recherchait. Keltoum ne répondait pas. Le policier lui reposa la même question. Toujours aucune réponse. Le pied-noir s'énerva davantage, il ne supportait pas le mutisme de Keltoum. Il finit par la laisser partir, il lui dit en criant : « Siri ! Siri fhalek ! » Keltoum se dépêcha de déguerpir. Le pied-noir les suivit, elle et sa fille, des yeux. Puis, calmement, froidement, il sortit son pistolet de son étui, tira un coup sur la fille, et un autre sur Keltoum. Les deux silhouettes tombèrent sur le dos presque en même temps, sans un cri. La mort avait été instantanée. Le haïk blanc enveloppait toujours leur corps. Leurs mains étaient encore jointes, l'une dans l'autre.

Le pied-noir quitta en un clin d'œil la ruelle déserte et sans soleil. Il savait qu'il avait dépassé les limites.

Le professeur peintre, fou de rage et de honte, courut vers les deux corps.

La vie les avait déjà quittés.

Keltoum et sa fille avaient encore les yeux lumineux, brillants. Bleus. Elles étaient berbères.

C'était il y a plus de quarante ans. Le peintre, en rentrant, est devenu sculpteur. La peinture était morte en lui, à jamais.

Il ne raconta ce souvenir à personne. Sauf à un jeune Marocain, il y a deux semaines. Il ne l'avait pas prévu. Quelque chose chez le Marocain, qu'il n'arrivait pas à définir, a fait ressortir ces images, Keltoum et sa fille éternellement en blanc. Et pour la première fois, il les pleura.

Terminus des anges

Depuis la fin de l'été, c'est le désert à Tanger. Les touristes se font rares, ils passent, fuient cette ville comme s'ils étaient terrorisés par ses fantômes d'un autre temps. Il n'y a presque plus d'anges à Tanger, ils ont quitté la ville jadis internationale, pris d'autres itinéraires, d'autres trains, d'autres bateaux. On en croise parfois quelques-uns dans la médina, autour de la Kasbah, à Marchane ou à la plage qui jouxte la gare et le port. Des anges déchus et méconnaissables qui vivotent en s'accrochant à de vieux souvenirs. Paul Bowles est mort. Mohammed M'Rabet veille sur sa tombe qui sera peut-être un jour aussi mythique que celle de Jean Genet à Larache : une tombe musulmane ! Les chiens sans maître et les chats à jamais libres sont de plus en plus nombreux. Les hommes balafrés aussi : ils se réunissent chaque nuit dans les coins sombres des ruelles pour boire des dizaines de bouteilles de vin bon marché et finissent très souvent leur assemblée dans la bagarre générale ; on sort les couteaux, on casse les bouteilles et on se massacre. Le samedi et le dimanche en fin de matinée, ils sont de nouveau dans les rues, offrant aux passants un spectacle qui fait frémir, qui donne la chair de poule : leur joue blessée, leurs cicatrices encore rouges, fraîches et pas vraiment désinfectées. C'est la beauté fracassée, le résultat des rêves brisés.

Plusieurs des amis de M'Hamed sont des balafrés. Pas lui. Il les aime, il les suit parfois, le jour pas la nuit. M'Hamed a poursuivi ses études jusqu'au baccalauréat. Il n'a pas voulu de l'université, à quoi bon, se disait-il, perdre son temps et son énergie pour finir un diplômé chômeur de plus. Il a choisi de se promener dans la vie, dans la ville et, bien sûr, dans la mer bleue. Il a rêvé à plusieurs destins, des rêves qui se passent de l'autre côté de la Méditerranée. Il sait que le Maroc ne lui donnera pas ce qu'il souhaite : il n'a aucune chance ici. Pas de famille riche pour l'aider, juste une mère qui lui prépare chaque jour à manger sans trop se poser de questions sur le sens de la vie et un père toujours ailleurs, dans sa boutique d'alimentation générale où il passe parfois la nuit. M'Hamed est un prisonnier libre, c'est comme ça qu'il s'est toujours décrit.

Il a vingt-cinq ans. Il sait qu'il est un peu beau, qu'il plaît, aux étrangers surtout. Femmes, hommes. Au début il allait seulement vers les femmes, il allait vers elles en conquérant, sûr de ses moyens, sûr de son pouvoir de séduction auprès de ces Européennes (la plupart d'entre elles étaient blondes, ou décolorées) affamées d'hommes machos qui ne renoncent pas à leur rôle de mec, comme cela est fréquent chez elles. M'Hamed, pour leur faire plaisir, jouait à l'homme de façon exagérée : il bombait son torse, noircissait son regard et aggravait sa voix pourtant douce. Il avait vraiment du succès, au lit notamment : il faisait l'amour comme un sauvage, elles faisaient toutes cette remarque. Il se donnait entièrement à elles en espérant récolter quelques fruits. À la place : des promesses, toujours des promesses. Elles l'oubliaient très vite. Quelques-unes envoyaient une carte postale ou deux, jamais plus. À chaque fois il s'estimait trahi, volé, dépossédé.

« Mais pourquoi donc sont-elles comme ça ces blondes ? Dans mes bras, c'est le romantisme, le rose, le bleu, tout est permis, même le sexe sans préservatif. Une fois de retour chez elles, je n'existe plus, je suis nié, tué. Pourtant, elles ne se gênent pas pour m'envoyer leurs amies, leurs copains et les copines de leurs copains pour que je leur fasse le guide à Tanger, leur montrer les coins secrets. Ils disent tous : on ne veut pas faire les touristes, nous, on veut connaître les gens, se rapprocher d'eux, leur parler, les toucher… Tout cela je le fais, après tout j'ai le temps… et les journées sont tellement longues ici… Je réponds à leurs désirs, j'essaie d'être drôle, d'être à leur service. La nuit, les copines veulent toutes de moi dans leur lit. Et là aussi il faut être à la hauteur, bander toujours, leur offrir un sexe bien dur, faire l'homme arabe, ça elles aiment toutes… Pour elles je ne suis que ça : un cliché qu'il est bon de savoir encore vivant et qu'on peut prêter si facilement. Et en plus, il ne demande rien en retour. Je n'ai jamais osé demander quoi que ce soit. J'ai toujours l'impression qu'ils vont comprendre, ils connaissent bien la situation au Maroc, ils savent les difficultés, les barrières... Au lieu de ça ils n'arrêtent pas de pleurnicher, de se plaindre de leur boulot qui est si fatigant, du soleil qui n'est jamais là, ils me rappellent tous notre chance à nous, les Marocains, d'être si vivants, si respectueux des traditions, si authentiques, si vrais, loin du stress, loin du monde moderne. Je n'ose pas les contredire, gâcher leur vacances, leur révéler la vérité qui est là devant leurs yeux pourtant et qu'ils s'obstinent à ne pas voir... Je n'ai pas le choix. J'imagine très bien ce qu'ils se disent entre eux, une fois en Europe : « Oh ! le beau M'Hamed ! il est si charmant, si gentil, si doux, on peut vraiment compter sur lui ! » Mais moi, j'en ai marre, marre de tout. Des Européens, de Tanger, de ce pays qui oblige sa jeunesse à se vendre, à se prostituer pour survivre. J'en ai marre... marre... marre... »

M'Hamed a tout de suite repéré l'homme. Il était à l'entrée du petit Socco en compagnie de deux femmes brunes et petites. Il l'intéressait beaucoup. M'Hamed se rapprocha d'eux. Ils parlaient en français.

« À votre avis, c'est déjà le Grand Socco ici ? demanda l'une des deux brunes.

– Non, répondit l'homme avec une voix douce et un peu triste, je ne crois pas. Il doit être plus loin, dans cette direction. Qu'est-ce que tu en penses, Isabelle ? »

Comme Isabelle ne répondait pas, M'Hamed sauta sur l'occasion et, sans s'annoncer, dit en ne regardant que l'homme : « Vous avez raison, monsieur, le Grand Socco est bien par là, à cinq minutes seulement à pied. » Le groupe des trois, surpris, méfiant, se demandant qui était ce type, resta un peu coi. M'Hamed, qui sentait que l'homme était bien ce qu'il pensait, continua : « Vous avez de la chance, aujourd'hui c'est le souk hebdomadaire, les ruelles sont envahies par les Rifaines et leurs marchandises. Allez-y, vous ne le regretterez pas, vous y trouverez de tout, même du kif. » Et il les quitta. Il était sûr qu'il allait les revoir, il savait très bien où et quand. Tanger est tellement petit.

Au milieu de l'après-midi, au moment où les fidèles sortaient de la mosquée après avoir accompli la prière de Al-Asr, M'Hamed se pointa au café Haffa. L'horizon était clair. La mer toujours aussi bleue. Là-bas, l'Amérique, les Maîtres du monde, les États-Unis. Par là, l'Europe, on la voit, très bien, elle est toute proche, il suffit de tendre la main… Le café était à moitié plein, les nostalgiques de Paul Bowles et de ses amis sirotaient leur thé à la menthe en silence. Il ne faisait pas très chaud, mais le soleil était là, visible et caressant, protecteur. C'était octobre, le mois des morts.

M'Hamed jeta un coup d'œil rapide sur les différents coins du café. Il repéra les trois Français. Il se dirigea vers eux sans hésiter. Il avait tout préparé dans sa tête.

« Alors, vous avez réussi à trouver le Grand Socco ? Il vous a plu ? »

La brune Isabelle répondit aussitôt, enthousiaste :

« Oh ! c'était magnifique ! Et les Rifaines étaient très belles dans leurs jolis habits. C'était un enchantement, vous aviez raison. Merci du conseil. Vous voulez vous joindre à nous ? »

M'Hamed était désarçonné, il ne savait quoi répondre, son plan marchait plus vite qu'il ne l'avait prévu. Il hésita à répondre. Isabelle revint à la charge.

« Cela nous fera plaisir de parler avec un vrai Marocain. Moi, c'est Isabelle. Et vous ?

– M'Hamed. Je sais, ce n'est pas original pour un Arabe.

– Moi, c'est Sophie.

– Et moi, je m'appelle René.

– Enchanté de vous connaître. Vous êtes des Français, n'est-ce pas ?

– Oui, dirent-ils en chœur.

– C'est la première fois que vous venez au Maroc ?

– Pour nous deux, les filles, c'est effectivement la première fois. Mais René est ici pour la troisième fois.

– La deuxième seulement, la deuxième. La première fois que je suis venu, c'était il y a vingt ans. Vingt ans déjà, mon Dieu !

– Et ça vous plaît ?

– Oui, beaucoup, répondirent-ils en chœur encore une fois. »

M'Hamed continuait de les interroger. Longtemps. Les questions lui venaient aisément. Il ne jouait pas trop. Les trois Français étaient ravis de répondre, de donner leurs impressions.

René, qui était assis en face de lui, n'arrêtait pas de l'observer, d'étudier son visage et son corps. René était très grand et très mince. Ses yeux bleus fascinaient M'Hamed qui aurait aimé avoir la même couleur dans ses yeux – il lui arrivait même de penser sérieusement à acheter des lentilles de couleur bleue pour paraître un peu européen. Le regard insistant de René le rassurait. Il commençait à se sentir bien, à oublier même son plan. Les hommes, bien sûr, il avait déjà couché avec certains d'entre eux, toujours des Européens. Cela ne le dérangeait pas. Devant René, qui tombait de plus en plus sous le charme, il étalait toute sa beauté, il s'illuminait, il faisait volontiers le paon. René était mordu, il tremblait presque de désir pour le Tangérois.

M'Hamed était aux anges. Le rêve pouvait renaître.

Tout naturellement, les trois Français proposèrent à M'Hamed de dîner avec eux le lendemain. Il accepta. René particulièrement était le plus heureux des trois. Les deux filles avaient compris et avaient décidé de lui donner un coup de main. De toute façon, M'Hamed leur plaisait à elles aussi.

M'Hamed les emmena dans un restaurant populaire qui se trouvait au cœur de la médina. Une soupe de fèves avec du cumin et de l'huile d'olive en entrée ; du poisson frit et crudités en plat principal ; et des fruits de saison et un thé à la menthe pour finir. Le tout pas très cher et en compagnie d'une clientèle essentiellement marocaine. Aucun touriste si ce n'est les trois Français. M'Hamed leur présenta le cuisinier du restaurant et les serveurs qu'il connaissait bien. Après le dîner, une promenade digestive s'imposait. Il faisait bon. M'Hamed leur proposa d'aller jusqu'au port qu'ils n'avaient pas encore visité. Puis il les raccompagna à leur hôtel, le Rembrandt, avenue Victor Hugo. Les filles, très fatiguées, montèrent assez rapidement à leur chambre. M'Hamed et René décidèrent de prendre un dernier verre dans un café pas loin de l'hôtel – il n'était que onze heures du soir.

« Cela me fait vraiment plaisir de prendre ce verre avec toi. Comme tous les Tangérois, je ne suis pas un couche-tôt.

– Moi aussi. Et que fais-tu, dans ce cas, quand tu n'arrives pas à dormir ?

– Je rêve.

– C'est tout ?

– C'est déjà beaucoup.

– Tu as raison.

– Moi je ne vis, je ne survis que par le rêve.

– Le rêve de quoi ?

– Comme tout le monde, le rêve d'un jour meilleur. »

Tout en bavardant, ils sirotaient lentement leur verre de thé à la menthe.

« Je ne me lasse pas de votre thé.

– On en boit ici à longueur de journée et personne ne s'en plaint, heureusement.

– Tu habites loin d'ici ?

– Non pas très loin. Un quart d'heure à pied.

– Seul ?

– Non. Je vis chez mes parents. Je suis fils unique. Mais ma chambre est au premier et eux, ils dorment au rez-de-chaussée… Je peux amener mes amis si je veux. Pas de problème. Je suis libre. Tu veux venir avec moi ? »

René fit semblant d'hésiter, et finit par accepter. Ils quittèrent aussitôt le café qui était encore rempli de monde.

Une demi-heure plus tard, ils n'étaient toujours pas arrivés à la maison de M'Hamed.

« C'est encore loin ?

– Non. Non… non. Encore dix minutes et c'est tout. Tu verras. »

René ne se sentait pas rassuré.

« Si c'est encore loin, on pourra revenir un autre jour. Je suis à Tanger jusqu'au début de la semaine prochaine.

– Je t'assure, on y est, on est arrivés. Tu vois la maison là-bas avec les volets rouges. C'est ma maison. »

La maison de M'Hamed se trouvait dans la banlieue pauvre de Tanger. Toutes les maisons du quartier étaient encore en construction. Les rues étaient calmes et sombres, il n'y avait pas de réverbères. Le danger pouvait surgir de n'importe où.

Les parents de M'Hamed dormaient. René et lui montèrent directement au premier étage et entrèrent dans la chambre du Tangérois qui était pauvrement meublée mais propre : un petit lit, deux chaises, un tapis jaune au sol, une petite armoire et des photos d'Isabelle Adjani (son actrice préférée) collées au mur. René remarqua tout de suite une odeur qui remplissait toute la pièce. Au début il ne savait d'où elle provenait avant de se rendre compte que c'était l'odeur du corps de M'Hamed. Il oublia alors ses peurs. Et commença à rêver d'une étreinte, d'un baiser, de la peau de M'Hamed et son goût, de sa bouche contre laquelle il avait envie d'écraser la sienne. Il se rapprocha de lui et mit sa main droite sur la joue gauche de M'Hamed pour la caresser.

« C'est comment l'Europe ?

– L'Europe ?!

– Oui, l'Europe. Paris, Madrid, Londres. Ce n'est pas comme ici. C'est mieux qu'ici, n'est-ce pas ?

– Mieux, je ne sais pas. Différent, c'est sûr.

– Pourquoi vous venez chez nous ? Visiter le Maroc, ça vous rapporte quoi ?

– Que répondre à ça ? Il y a sans doute le soleil qui nous attire… la nature, les monuments… l'artisanat… les gens beaux et charmants… comme toi.

– C'est tout !

– Le Maroc est un beau pays, voilà pourquoi on vient de si loin pour le visiter.

– Beau ? Beau pour vous, pas pour les Marocains.

– Tu ne trouves pas ton pays beau ?

– Non.

– Rien ne te plaît ici ?

– Rien. Je n'ai rien ici, aucune chance, aucun avenir. Seuls les riches peuvent vraiment vivre dans ce pays. Pour moi, pour les autres, c'est un combat de tous les jours, et c'est jamais nous les vainqueurs. Ça n'arrivera jamais. Alors pourquoi le Maroc serait-il beau ? Je ne vois rien qui se fasse pour nous, tout se fait pour vous, les touristes, pour les riches. Les jeunes comme moi n'ont qu'une seule préoccupation : comment foutre le camp, s'évader de ce pays, comment se faire de l'argent comme vous, comme les autres, ceux de la parabole et des plages privées de Tétouan. Il y en a qui se suicident chaque jour ici en s'embarquant dans des canots de fortune de nuit, ou bien en se cachant dans les frigos des camions. Chaque jour, une dizaine, si ce n'est une centaine d'entre eux, meurent noyés, frigorifiés, asphyxiés… Tanger ne parle que de ça. Moi, je n'ai pas le courage de faire comme eux. Je suis un faible, et je le deviendrai davantage si je reste ici. Je deviendrai un fou, un clochard, et personne ne se souciera de mon sort. Je serai une ombre de plus à Tanger. Alors, il faut que je parte loin, loin… On ne me considérera dans ce bled qu'une fois que je serai riche, beaucoup d'argent dans les poches et dans les banques comme les barons de la drogue… Il faut que j'entre en Europe… en Espagne, en Allemagne, en Italie… peu importe. Une fois là-bas, je me débrouillerai, j'ai des amis un peu partout dans ces pays. Il faut… Et pour cela j'ai besoin de toi. Il faut que tu m'aides. Il n'y a que toi pour m'aider. Tu vois, je suis un gentil, un pauvre, je ne fais pas de mal… Tu m'entends ? Il n'y a que toi qui pourrais me faire entrer… Tu dois le faire… C'est le seul cadeau que tu peux me faire en échange de ce que je viens de te donner… mon corps… Tu m'entends ? »

René se demandait où il avait atterri, il recommençait à avoir peur. M'Hamed, au fur et à mesure qu'il parlait, avait les yeux de plus en plus rouges. Il parlait sérieusement. Et en même temps, il semblait hors de lui, menaçant, capable de toutes les folies.

« C'est à toi que je parle. Tu m'entends ?

– Oui, je t'entends. Qu'est-ce que je peux faire pour toi ?

– Ce que tu peux faire pour moi ? Beaucoup de choses. C'est toi le riche. La France, c'est riche. Tu peux m'acheter si tu veux. Je serai ton esclave. Moi, je veux juste aller là-bas. Devenir riche et revenir ici. Ce n'est pas trop te demander… Tu leur diras à la douane, c'est mon fils adoptif, ce garçon. Tu peux m'envoyer une invitation, un certificat d'hébergement… Non, ça ne marchera pas, ils ne me donneront pas le visa avec ça au consulat. Débrouille-toi… Tout ce que je sais, tout ce que je veux : entrer en Europe, et c'est toi qui réaliseras ce rêve… Ici, je suis une pourriture. Je suis entre tes mains… Fais de moi ce qui te plaît. Je suis à toi, je veux partir. »

M'Hamed pleurait, criait, toutes ses angoisses, tous ses démons l'assaillaient sans répit. Le désespoir le transfigurait. René restait paralysé, incapable de réagir, de dire un mot, de compatir. Il n'osait pas non plus faire un geste. Ils étaient deux dans la nuit. Chacun dans sa solitude, dans son égoïsme.

Soudain, une voix de femme :

« M'Hamed... M'Hamed... C'est toi qui pleures ?

– Non, maman, c'est la télé.

– Dors mon fils, dors, il est tard, dors, que Dieu t'ouvre les portes devant toi.

– D'accord maman. Bonne nuit.

– Bonne nuit mon fils. Tu as bu de l'eau ?

– Oui, oui, j'ai même une bouteille de Sidi Ali avec moi. »

Ému par les paroles de la mère, René prit M'Hamed enfin dans ses bras, le mit dans le lit et le rejoignit.

Le coq chanta. Le muezzin, avec une voix suave, sensuelle, éternelle, annonça la première prière de la journée. Mais, sur Tanger, le soleil ne s'était pas encore levé.

Premier retour

Paris commençait à se vider. Les Parisiens, comme d'habitude, étaient pressés de partir en vacances (chercher le soleil de la mer) dès les premiers jours de juillet. Même Barbès était presque désert de ses Arabes et de ses Africains. Mon stage dans une revue hebdomadaire débutait dans quinze jours. Il était hors de question de rentrer au Maroc (surtout pas en été) ou même de penser à l'idée d'un voyage.

Quitter Paris ?

Cette ville m'avait complètement englouti, je ne m'imaginais plus en dehors d'elle. Ma nouvelle vie se construisait à Paris, heureuse ou malheureuse, cela dépendait des jours et des saisons. Mais, en cette deuxième quinzaine de juillet, elle était plutôt malheureuse, triste : j'éprouvais un immense sentiment de solitude, d'abandon. Cette affreuse vérité me tomba sur la tête un matin comme tous les autres en apparence : je ne comptais vraiment pour personne. J'étais vraiment seul dans cette ville. La liberté ne voulait tout d'un coup plus rien dire, n'avait ni sens ni goût. Livré à moi-même, je pouvais commettre toutes sortes de folies. Paris est une ville dangereuse pour les solitaires. Au lieu de les soutenir, elle les enfonce encore plus avant de les lâcher complètement.

Il faisait très beau et je n'avais pas beaucoup d'argent. Comme de nombreux Parisiens, je survivais. À chaque jour son angoisse, ses questions parfois sans réponses, comment s'en sortir, comment tout simplement vivre. Le soleil n'allait pas à Paris, j'aurais aimé qu'il fasse très mauvais, que le ciel soit dans le même état d'esprit que moi, couvert de nuages, gris, pluvieux. J'avais profondément besoin de ce couvercle dont parle Paul Verlaine dans un de ses poèmes. Mais il faisait beau, et c'en était insupportable. Invivable. Il fallait me protéger de ce soleil qui me narguait à longueur de journées. Dans mon petit studio, je fermais en plein jour les volets : j'avais besoin du noir qui me rendait momentanément à moi-même, qui m'apportait de brefs moments de calme. L'intimité a besoin du noir, elle ne peut pas vivre en plein soleil. Le soir, j'allais parfois au cinéma, mais il n'y avait rien d'intéressant à voir, que des séries B, Z, des nanars… Même le cinéma ne pouvait pas m'aider : la rentrée était très lointaine ! Mes voisins d'en face, la famille marocaine d'Agadir, n'étaient pas là non plus. Arnaud le libidineux, également. L'amour : il n'avait fait que compliquer ma vie, je n'en voulais plus. Le sexe : j'ai toujours été capable de m'en passer facilement sur de longues périodes.

Je vivais dans l'un des enfers de la capitale. Cette affreuse expérience est une étape obligatoire quand on s'installe à Paris, la grande ville. On me l'avait dit, j'étais prévenu, mais cela ne soulageait en rien ma douleur. Je devais affronter le gouffre tout seul, m'en sortir seul… Aller où ?

Une seule réponse me venait à l'esprit, et avec insistance : le Maroc ! Fuir au Maroc ! Se ressourcer au Maroc ?

Assez brusque de nature, je décidai de suivre cette intuition, ce plan inattendu, ce désir que je m'interdisais d'éprouver depuis le début. Aller au Maroc après deux ans d'absence ? Revenir alors que je n'avais rien encore réalisé, rien concrétisé, ni pour moi, ni pour ma famille ? Revoir le Maroc, mon Maroc ?

La peur encore, dans les intestins. Ma mère, ma M'Barka me protégera, me répétais-je pour me convaincre que c'était la bonne solution : répondre à l'appel marocain.

Faute de moyens, je renonçai à l'avion. Il ne restait que le car. Les compagnies de ce type de voyage ne manquaient pas à Paris, mais en cette saison, le quinze juillet en plus, les places étaient assez rares. Je réussis à en trouver une tout de même chez la compagnie Ouazzani Euro-Maghreb. Une place pour Paris-Rabat. Sans retour.

Le car était rempli de passagers quand j'y montai. Que des Marocains ! Entre nous donc. Le car n'avait pas encore quitté Paris, mais nous étions déjà au Maroc. L'ambiance était marocaine, populaire. Ces gens, je ne les avais jamais croisés à Paris, je ne savais pas où ils se cachaient, ce qu'ils faisaient en France. C'était comme s'ils étaient encore au Maroc : rien en eux n'avait changé. Ils parlaient fort. Ils étaient excités : la fête les attendait au bled, des fiançailles, des mariages, des circoncisions, etc., de multiples occasions de briller, de se laisser admirer. D'avance, ils chantaient. Ils répétaient pour être au point une fois là-bas. Ils se connaissaient presque tous, et très bien : c'est l'impression que j'avais en les regardant. Ils étaient visiblement heureux, ils faisaient semblant d'être heureux. Le retour pour eux ne pouvait être que triomphal, ils n'avaient pas le choix. Montrer, exhiber la réussite matérielle : ils savaient parfaitement le rôle qu'ils devaient jouer au Maroc. Au lieu d'être accablés par cette supercherie, ce simulacre, ils avaient décidé de rire, de jouer le jeu. Ils connaissaient très bien le rituel du « Retour estival de nos émigrés » : pas de surprises à l'horizon.

À côté de moi : une femme qui n'avait que deux sujets de discussion, sa piété (son « Retour à Dieu, au droit chemin, à la lumière ») et son fils étudiant dans une grande école d'ingénieurs à Paris. Elle était fière de lui, rassurée pour son avenir radieux (« Pas au Maroc, bien sûr ! »). Elle était « tranquille » pour sa relation à elle avec Dieu (« Je suis une bonne musulmane »). Elle savait que sa place au paradis était assurée. À aucun moment, heureusement, elle ne me demanda ce que je faisais dans la vie. Par contre, elle me posa l'inévitable question : « Vous faîtes la prière, cinq fois par jour, bien sûr, n'est-ce pas ? »

Derrière nous : une mère et sa fille. Tout au long du voyage, elles profitèrent de l'occasion rare d'être l'une à côté de l'autre, l'une collée à l'autre, et pour de longues heures, pour laver leur linge sale. Tout y passa. L'injustice de la mère qui n'aimait depuis toujours que ses garçons. La frivolité de la fille, qui n'était plus vierge, ses habits trop dénudés, indécents, que la mère lui interdisait de porter au Maroc (« Je ne veux pas de scandale ! »). L'échec scolaire d'un des fils que la mère avait décidé de laisser au Maroc cette fois-ci (« Comme ça il verra à quel point il est un privilégié en France. »). La fille n'était pas du même avis bien sûr : laisser le frère dans un pays qu'il ne connaissait pas vraiment était un crime à ses yeux, une autre injustice… Elles n'étaient d'accord sur rien ces pauvres dames. Au bout de deux heures seulement de route, tout le car connaissait leur vie dans ses moindres détails. Elles criaient au lieu de parler.

Le voyage dura deux jours et une nuit. L'arrivée à Tanger fut mémorable. Au moment de passer la douane, les contrôleurs nous laissèrent passer sans fouiller nos bagages. Certaines femmes, contentes, soulagées visiblement, se mirent à lancer des youyous tonitruants et à chanter joyeusement et vivement le roi : « Vive Mohamed VI ! Vive notre roi ! Vive notre jeune roi ! » Je l'avais presque oublié : un changement important avait eu lieu au Maroc pendant mon absence.

Il faisait nuit. Je ne fis qu'entrevoir Tanger, ville qui monte jusqu'au ciel, toujours aussi fière, toujours aussi belle au milieu des étoiles.

Le car repris sa route vers Rabat. Le Maroc était plongé dans le noir, il dormait. Je n'arrivai à Salé que vers deux heures du matin. Mon quartier Hay Salam était désert, seuls les chats y vivaient en veillant toute la nuit. Ma mère était à sa fenêtre : elle m'attendait en regardant le ciel. Elle cria au milieu de la nuit : « Abdellah ! Mon fils, c'est toi ? » Je répondis : « Oui, ma mère, c'est moi… c'est moi… comme avant. »

Comme avant, elle me jeta la clé. J'ouvris la porte et montai en courant au deuxième étage de notre maison.

Revoir ma mère.

Je mis ma tête sur sa poitrine et je l'embrassai en pleurant un peu. Elle pria comme avant et me prit par la main pour me conduire à mon ancienne chambre. « Elle est devenue la mienne depuis ton départ. Elle est de nouveau à toi. »

Ma mère. Elle était devenue un peu petite, un peu vieille, mais elle n'avait pas de rides. Ses tatouages entre les sourcils et au milieu du menton étaient toujours aussi bleus. Ses yeux, un peu fatigués. Ses genoux : ils lui faisaient encore mal. Elle marchait d'un pas lourd, secouant presque le sol : comme avant. Les longues chemises, aux couleurs vives, constituaient toujours sa principale garde-robe. De même que les foulards noués en permanence autour de sa tête.

Physiquement, peu de choses avaient changé en elle. M'Barka débordait d'amour pour moi : je recevais tout, tout. Mais je n'avais presque rien à lui donner en échange. J'avais ramené quelques petits cadeaux « parisiens » (achetés au Tati de Barbès) avec moi, tellement petits que j'en avais honte.

Bien sûr, elle m'avait préparé un tagine (au poulet et aux raisins secs). Bien sûr, elle avait tout bien rangé dans la maison pour bien me recevoir. Et bien sûr, elle n'arrêtait pas de parler, de donner des nouvelles de tout le monde. Mon grand frère et ses deux femmes, le petit frère et sa femme à qui rien ne plaisait et qui voulait commander à la place de ma mère, mes sœurs, leur mari, leurs enfants, les voisines, leurs enfants qui avaient tous, eux aussi, quitté le pays… Elle fit le tour de tout le quartier, elle avait mille choses à raconter, à transmettre, à discuter. Je mangeais et je l'écoutais, ravi et triste à la fois. Le monde avait changé dans ma famille, dans mon quartier, la solitude semblait le lot de plusieurs personnes désormais. Chacun pour soi, le gouvernement ne faisait plus rien pour les gens… Ma mère le savait depuis longtemps. C'était peut-être pour cela qu'elle m'avait finalement laissé partir.

Je suis parti. Deux ans après, je n'avais encore rien réussi. Pas de situation.

« Qu'as-tu fait pendant ces deux années en France ? »

Je ne trouvais pas les mots pour lui répondre, ou pour mentir.

« Tu as travaillé ? »

Je finis par dire : « Oui, j'ai travaillé. Juste pour vivre, avoir de quoi payer le loyer, le transport, manger… Je ne suis pas devenu riche… Pas encore ! »

Elle comprit. Elle changea de sujet. « Et comment tu as fait pour supporter le froid ? Le froid est la source de tous les maux… »

Je ne m'étais pas encore complètement habitué au froid de l'Europe, mais je ne le lui dis pas. « Je porte un long caleçon et un lourd manteau quand je sors. Sinon, dans les appartements il y a le chauffage au gaz ou bien électrique… heureusement… »

« Et qui te fait à manger ?

– Moi-même. Je me suis souvenu de tes gestes dans la cuisine. Je fais comme toi, la même nourriture que toi.

– Même le couscous ?

– Oui, oui, même le couscous !

– Et le linge, comment tu fais pour le laver ?

– Il y a des machines pour cela, c'est très facile, très pratique.

– Bien, bien. Je vois que tu es bien organisé. Cela me rassure un peu… Et les femmes, tu suis mon conseil, tu t'éloignes d'elles ?

– Toujours ma mère, toujours…

– Et ton passeport, où est-il ?

– Il est dans mon sac.

– Tu es fou, tu ne vas pas laisser un papier aussi important dans ton sac. On va te le voler. C'est dedans qu'il y a ta carte de séjour en France ?

– Oui.

– Donne-le-moi, je te le rendrai quand tu voudras partir…

– Et si la police me contrôle ?

– J'ai une solution à tout : demain je photocopierai les trois premières pages. Tu les prendras avec toi chaque fois que tu sors. Il ne faut pas qu'on te vole ton passeport. J'espère que tu gardes bien tes diplômes en France ! Tu les mets où exactement ?

– Dans ma petite bibliothèque, entre les livres.

– Elle est sûre ? Il y a des voleurs en France ? »

La nuit allait finir. Nous étions encore en train de parler. Surtout elle, intarissable. Elle voulait tout savoir, dans les moindres détails. Je répondis à presque toutes ses questions et je m'abandonnai après au sommeil, heureux, reposé et fatigué à la fois, confiant et anxieux pour la suite, le lendemain.

Jour après jour, je me rendais compte à quel point le quartier avait changé : la misère avait poussé tous les jeunes à fuir, et tous les autres à se débrouiller comme ils pouvaient pour survivre. Tous les voisins avaient mis une partie de leur maison en location. D'autres gens avaient envahi Hay Salam, je ne reconnaissais pas tout le monde dans la rue. Mes camarades des jeux interdits de l'enfance étaient partis eux aussi. Les petits magasins d'alimentation générale et de légumes avaient doublé, de même que les vendeurs de menthe. Seul le poissonnier n'avait pas encore de concurrent. Pour les autres, c'était chacun pour soi. Tous les moyens étaient bons pour ne pas devenir complètement pauvre, pour avoir à manger au moins deux fois par jour. Certaines filles, celles qui ne s'étaient pas encore mariées avec un chômeur, un ex-taulard ou bien un raté, étaient devenues des prostituées à Rabat : les voitures de luxe venaient les chercher jusqu'à Hay Salam, elles avaient beaucoup de succès. Personne de leur entourage ne trouvait rien à redire, on les laissait faire, elles faisaient vivre des familles entières à présent. Elles étaient devenues des hommes à la place des hommes. Le jeudi, la veille du jour saint, elles allaient comme tout le monde se purifier au hammam. Là encore, le principe de multiplication avait fait son effet : quand je suis parti il n'y avait que deux hammams, à présent il y en avait quatre. Pour se laver, on avait vraiment le choix à Hay Salam.

Ceux que je reconnaissais et que je saluais me disaient tous, après les interminables salutations, de façon ironique : « C'est bien, tu n'as pas changé ! » Il fallait comprendre par cette petite phrase : où est la voiture, la BMW ? où sont les habits chers, de marque ? la montre en or ? Je n'avais effectivement pas changé, puisque je n'étais pas devenu riche. Par conséquent je n'avais plus ma place parmi eux. Désormais je ne pouvais qu'être riche, rien d'autre. Devenir riche ou ne pas revenir.

Je préférai de nouveau fuir.

D'abord à la belle casbah des Oudayas, qui surplombe Rabat et regarde fièrement Salé, à l'embouchure du fleuve Bou Regreg, devant l'Océan toujours en colère.

Ensuite à Marrakech, où la terre est rouge, pour visiter en une journée ses sept saints magiques : Sidi Abdelaziz, Sidi Belabass, Moulay Abdelhfid… La baraka, toujours la baraka.

Et enfin en Europe. Retour à Paris, en train cette fois-ci.

Avant de me dire au revoir, ma mère, qui préféra ne pas m'accompagner à la gare, enleva brusquement le saroual qu'elle portait et me le donna en cadeau.

« Ne le lave jamais. De temps en temps, mets-le pendant une heure ou deux, il te protégera… du mal. »

Et comme d'habitude, un dernier conseil : « Surtout, surtout, éloigne-toi des femmes, elles sont la source de tous les maux ! Regarde ce qui s'est passé pour tes frères à cause d'elles. »

Je la laissai dire, se rassurer elle-même sur ma vie loin d'elle, chez les chrétiens.

Table

RÉALISATION : NORD COMPO À VILLENEUVE-D'ASCQ
IMPRESSION : CPI FRANCE
DÉPÔT LÉGAL : MARS 2012. N° 107716-6 (2048190)
IMPRIMÉ EN FRANCE

Éditions Points

DERNIERS TITRES PARUS

P4555. Tous les vivants, *Jayne Anne Phillips*
P4556. Les Ravissements du Grand Moghol
Catherine Clément
P4557. L'Aventure, le choix d'une vie, *collectif*
P4558. Une saison de chasse en Alaska
Zoé Lamazou et Victor Gurrey
P4559. Mémoires *suivi de* Journal de guerre
Roland Garros
P4560. Des petits os si propres, *Jonathan Kellerman*
P4561. Un sale hiver, *Sam Millar*
P4562. La Peine capitale, *Santiago Roncagliolo*
P4563. La Maison maudite et autres récits
Howard Phillips Lovecraft
P4564. Chuchotements dans la nuit, *Howard Phillips Lovecraft*
P4565. Daddy Love, *Joyce Carol Oates*
P4566. Candide et lubrique, *Adam Thirlwell*
P4567. La Saga Maeght, *Yoyo Maeght*
P4568. La crème était presque parfaite, *Noël Balen et Vanessa Barrot*
P4569. Le Livre imprévu, *Abdellatif Laâbi*
P4570. Un président ne devrait pas dire ça... Les secrets d'un quinquennat, *Gérard Davet, Fabrice Lhomme*
P4571. Best of Hollande, *Plantu*
P4572. Ally, la sœur de la tempête, *Lucinda Riley*
P4573. Avenue des mystères, *John Irving*
P4574. Une putain de catastrophe, *David Carkeet*
P4575. Une traversée de Paris, *Eric Hazan*
P4576. Vie de combat, vie d'amour, *Guy Gilbert*
P4577. L.A. nocturne, *Miles Corwin*
P4578. Le Lagon noir, *Arnaldur Indridason*
P4579. Ce qui désirait arriver, *Leonardo Padura*
P4580. À l'école de l'amour, *Olivia Manning*

P4581. Le Célibataire, *Stella Gibbons*
P4582. Les Princesses assassines, *Jean-Paul Desprat*
P4583. Le Gueuloir. Perles de correspondance *Gustave Flaubert*
P4584. Le Dico de l'humour juif, *Victor Malka*
P4585. Le Crime, *Arni Thorarinsson*
P4586. Lointaines Merveilles, *Chantel Acevedo*
P4587. Skagboys, *Irvine Welsh*
P4588. Les Messieurs, *Claire Castillon*
P4589. Balade avec Épicure. Voyage au cœur du bonheur authentique, *Daniel Klein*
P4590. Vivre ses désirs, vite !, *Sophie Cadalen et Bernadette Costa-Prades*
P4591. Tisser le lien. Méditations, *Yvan Amar*
P4592. Le Visage du mal, *Sarah Hilary*
P4593. Là où vont les morts, *Liam McIlvanney*
P4594. Paris fantastique, *Rodolphe Trouilleux*
P4595. Friedkin Connection. Les Mémoires d'un cinéaste de légende, *William Friedkin*
P4596. L'Attentat de Sarajevo, *Georges Perec*
P4597. Le Passager de la nuit, *Maurice Pons*
P4598. La Grande Forêt, *Robert Penn Warren*
P4599. Comme deux sœurs, *Rachel Shalita*
P4600. Les Bottes suédoises, *Henning Mankell*
P4601. Le Démonologue, *Andrew Pyper*
P4602. L'Empoisonneuse d'Istanbul, *Petros Markaris*
P4603. La vie que j'ai choisie, *Wilfred Thesiger*
P4604. Purity, *Jonathan Franzen*
P4605. L'enfant qui mesurait le monde, *Metin Arditi*
P4606. Embrouille en Corse, *Peter Mayle*
P4607. Je vous emmène, *Joyce Carol Oates*
P4608. La Fabrique du monstre, *Philippe Pujol*
P4609. Le Tour du monde en 72 jours, *Nellie Bly*
P4610. Les Vents barbares, *Philippe Chlous*
P4611. Tous les démons sont ici, *Craig Johnson*
P4612. Tant que les arbres s'enracineront dans la terre *suivi de* Congo, *Alain Mabanckou*
P4613. Les Transparents, *Ondjaki*
P4614. Des femmes qui dansent sous les bombes *Céline Lapertot*
P4615. Les Pêcheurs, *Chigozie Obioma*
P4616. Lagos Lady, *Leye Adenle*
P4617. L'Affaire des coupeurs de têtes, *Moussa Konaté*
P4618. La Fiancée massaï, *Richard Crompton*
P4619. Bêtes sans patrie, *Uzodinma Iweala*